SAINT-JOHN PERSE

Éloges

SUIVI DE

**La Gloire des Rois
Anabase, Exil**

GALLIMARD

ÉLOGES

ÉCRIT SUR LA PORTE

J'ai une peau couleur de tabac rouge ou de mulet,

j'ai un chapeau en moelle de sureau couvert de toile blanche.

Mon orgueil est que ma fille soit très-belle quand elle commande aux femmes noires,

ma joie, qu'elle découvre un bras très-blanc parmi ses poules noires;

et qu'elle n'ait point honte de ma joue rude sous le poil, quand je rentre boueux.

*

Et d'abord je lui donne mon fouet, ma gourde et mon chapeau.

En souriant elle m'acquitte de ma face ruisse-lante; et porte à son visage mes mains grasses d'avoir éprouvé l'amande de kako, la graine de café.

Et puis elle m'apporte un mouchoir de tête bruissant ; et ma robe de laine ; de l'eau pure pour rincer mes dents de silencieux :

et l'eau de ma cuvette est là ; et j'entends l'eau du bassin dans la case-à-eau.

*

Un homme est dur, sa fille est douce. Qu'elle se tienne toujours

à son retour sur la plus haute marche de la maison blanche,

et faisant grâce à son cheval de l'étreinte des genoux,

il oubliera la fièvre qui tire toute la peau du visage en dedans.

*

J'aime encore mes chiens, l'appel de mon plus fin cheval,

et voir au bout de l'allée droite mon chat sortir de la maison en compagnie de la guenon...

toutes choses suffisantes pour n'envier pas les voiles des voiliers

que j'aperçois à la hauteur du toit de tôle sur la mer comme un ciel.

POUR FÊTER
UNE ENFANCE

"King Light's Settlements"

Palmes... !
Alors on te baignait dans l'eau-de-feuilles-
vertes ; et l'eau encore était du soleil vert ; et les ser-
vantes de ta mère, grandes filles luisantes, remuaient
leurs jambes chaudes près de toi qui tremblais...
(Je parle d'une haute condition, alors, entre
les robes, au règne de tournantes clartés.)

Palmes ! et la douceur
d'une vieillesse des racines... ! La terre
alors souhaita d'être plus sourde, et le ciel plus
profond où des arbres trop grands, las d'un obscur
dessein, nouaient un pacte inextricable...
(J'ai fait ce songe, dans l'estime : un sûr
séjour entre les toiles enthousiastes.)

Et les hautes
racines courbes célébraient

l'en allée des voies prodigieuses, l'invention des voûtes et des nefs

et la lumière alors, en de plus purs exploits féconde, inaugurait le blanc royaume où j'ai mené peut-être un corps sans ombre...

(Je parle d'une haute condition, jadis, entre des hommes et leurs filles, et qui mâchaient de telle feuille.)

Alors, les hommes avaient

une bouche plus grave, les femmes avaient des bras plus lents;

alors, de se nourrir comme nous de racines, de grandes bêtes taciturnes s'ennoblissaient;

et plus longues sur plus d'ombre se levaient les paupières...

(J'ai fait ce songe, il nous a consumés sans reliques.)

Et les servantes de ma mère, grandes filles luisantes... Et nos paupières fabuleuses... Ô
clartés! ô faveurs!

Appelant toute chose, je récitai qu'elle était
grande, appelant toute bête, qu'elle était belle et
bonne.

Ô mes plus grandes

fleurs voraces, parmi la feuille rouge, à dévorer
tous mes plus beaux

insectes verts! Les bouquets au jardin sentaient le cimetière de famille. Et une très petite sœur
était morte : j'avais eu, qui sent bon, son cercueil
d'acajou entre les glaces de trois chambres. Et il ne
fallait pas tuer l'oiseau-mouche d'un caillou... Mais
la terre se courbait dans nos jeux comme fait la
servante,

celle qui a droit à une chaise si l'on se tient
dans la maison.

...Végétales ferveurs, ô clartés ô faveurs!...

Et puis ces mouches, cette sorte de mouches, vers le dernier étage du jardin, qui étaient comme si la lumière eût chanté!

...Je me souviens du sel, je me souviens du sel que la nourrice jaune dut essuyer à l'angle de mes yeux.

Le sorcier noir sentenciait à l'office : « Le monde est comme une pirogue, qui, tournant et tournant, ne sait plus si le vent voulait rire ou pleurer... »

Et aussitôt mes yeux tâchaient à peindre

un monde balancé entre les eaux brillantes, connaissaient le mât lisse des fûts, la hune sous les feuilles, et les guis et les vergues, les haubans de liane,

où trop longues, les fleurs s'achevaient en des cris de perruches.

III

...Puis ces mouches, cette sorte de mouches, et le dernier étage du jardin... On appelle. J'irai... Je parle dans l'estime.

— Sinon l'enfance, qu'y avait-il alors qu'il n'y a plus?

Plaines! Pentes! Il y

avait plus d'ordre! Et tout n'était que règnes et confins de lueurs. Et l'ombre et la lumière alors étaient plus près d'être une même chose... Je parle d'une estime... Aux lisières le fruit

pouvait choir

sans que la joie pourrît au rebord de nos lèvres.

Et les hommes remuaient plus d'ombre avec une bouche plus grave, les femmes plus de songe avec des bras plus lents.

...Croissent mes membres, et pèsent, nourris d'âge! Je ne connaîtrai plus qu'aucun lieu de moulins et de cannes, pour le songe des enfants, fût en

eaux vives et chantantes ainsi distribué... A droite
on rentrait le cafe, à gauche le manioc
(ô toiles que l'on plie, ô choses élogieuses!)
Et par ici étaient les chevaux bien marqués,
les mulets au poil ras, et par là-bas les bœufs;
ici les fouets, et là le cri de l'oiseau Annaô —
et là encore la blessure des cannes au moulin.
Et un nuage
violet et jaune, couleur d'icaque, s'il s'arrêtait
soudain a couronner le volcan d'or,
appelait-par-leur-nom, du fond des cases,
les servantes!

Sinon l'enfance, qu'y avait-il alors qu'il n'y
a plus?...

IV

Et tout n'était que règnes et confins de lueurs.
Et les troupeaux montaient, les vaches sentaient le
sirop-de-batterie... Croissent mes membres
    et pèsent, nourris d'âge! Je me souviens des
pleurs
    d'un jour trop beau dans trop d'effroi, dans
trop d'effroi!... du ciel blanc, ô silence! qui flamba
comme un regard de fièvre... Je pleure, comme je
    pleure, au creux de vieilles douces mains...

Oh! c'est un pur sanglot, qui ne veut être
secouru, oh! ce n'est que cela, et qui déjà berce mon
front comme une grosse étoile du matin.

    ...Que ta mère était belle, était pâle
    lorsque si grande et lasse, à se pencher,
    elle assurait ton lourd chapeau de paille ou de
soleil, coiffé d'une double feuille de siguine,

et que, perçant un rêve aux ombres dévoué,
l'éclat des mousselines
        inondait ton sommeil !

    ...Ma bonne était métisse et sentait le ricin ;
toujours j'ai vu qu'il y avait les perles d'une sueur
brillante sur son front, à l'entour de ses yeux — et
si tiède, sa bouche avait le goût des pommes-rose,
dans la rivière, avant midi.

    ..Mais de l'aïeule jaunissante
        et qui si bien savait soigner la piqûre des
moustiques,
        je dirai qu'on est belle, quand on a des bas
blancs, et que s'en vient, par la persienne, la sage
fleur de feu vers vos longues paupières
        d'ivoire.

    ...Et je n'ai pas connu toutes Leurs voix, et
je n'ai pas connu toutes les femmes, tous les hommes
qui servaient dans la haute demeure
        de bois ; mais pour longtemps encore j'ai
mémoire
        des faces insonores, couleur de papaye et
d'ennui, qui s'arrêtaient derrière nos chaises comme
des astres morts.

V

... *Ô! j'ai lieu de louer!*
Mon front sous des mains jaunes,
   mon front, te souvient-il des nocturnes sueurs?
   du minuit vain de fièvre et d'un goût de citerne?
   et des fleurs d'aube bleue à danser sur les cri-
ques du matin
      et de l'heure midi plus sonore qu'un moustique,
et des flèches lancées par la mer de couleurs...?

   Ô j'ai lieu! ô j'ai lieu de louer!
   Il y avait à quai de hauts navires à musique.
Il y avait des promontoires de campêche; des fruits
de bois qui éclataient... Mais qu'a-t-on fait des hauts
navires à musique qu'il y avait à quai?
   Palmes...! Alors
      une mer plus crédule et hantée d'invisibles
départs,
         étagée comme un ciel au-dessus des vergers,

se gorgeait de fruits d'or, de poissons violets et d'oiseaux.

Alors, des parfums plus affables, frayant aux cimes les plus fastes,

ébruitaient ce souffle d'un autre âge,

et par le seul artifice du cannelier au jardin de mon père — ô feintes!

glorieux d'écailles et d'armures un monde trouble délirait.

(...Ô j'ai lieu de louer! Ô fable généreuse, ô table d'abondance!)

Palmes !
et sur la craquante demeure tant de lances de
flamme !

... Les voix étaient un bruit lumineux sous-le-
vent... La barque de mon père, studieuse, amenait
de grandes figures blanches : peut-être bien, en somme,
des Anges dépeignés ; ou bien des hommes sains,
vêtus de belle toile et casqués de sureau (comme mon
père, qui fut noble et décent).

...Car au matin, sur les champs pâles de l'Eau
nue, au long de l'Ouest, j'ai vu marcher des Princes
et leurs Gendres, des hommes d'un haut rang, tous
bien vêtus et se taisant, parce que la mer avant midi
est un Dimanche où le sommeil a pris le corps d'un
Dieu, pliant ses jambes.

Et des torches, à midi, se haussèrent pour mes fuites.

Et je crois que des Arches, des Salles d'ébène et de fer-blanc s'allumèrent chaque soir au songe des volcans,

à l'heure où l'on joignait nos mains devant l'idole à robe de gala.

Palmes! et la douceur

d'une vieillesse des racines...! Les souffles alizés, les ramiers et la chatte marronne

trouaient l'amer feuillage où, dans la crudité d'un soir au parfum de Déluge,

les lunes roses et vertes pendaient comme des mangues.

*

...Or les Oncles parlaient bas à ma mère. Ils avaient attaché leur cheval à la porte. Et la Maison durait, sous les arbres à plumes.

1907.

ÉLOGES

Les viandes grillent en plein vent, les sauces
se composent
et la fumée remonte les chemins à vif et rejoint
qui marchait.
Alors le Songeur aux joues sales
se tire
d'un vieux songe tout rayé de violences, de
ruses et d'éclats,
et orné de sueurs, vers l'odeur de la viande
il descend
comme une femme qui traîne : ses toiles, tout
son linge et ses cheveux défaits.

*J'ai aimé un cheval — qui était-ce? — il m'a
bien regardé de face, sous ses mèches.*

*Les trous vivants de ses narines étaient deux
choses belles à voir — avec ce trou vivant qui gonfle
au-dessus de chaque œil.*

*Quand il avait couru, il suait : c'est briller ! —
et j'ai pressé des lunes à ses flancs sous mes genoux
d'enfant...*

*J'ai aimé un cheval — qui était-ce? — et
parfois (car une bête sait mieux quelles forces nous
vantent)*

*il levait à ses dieux une tête d'airain : souf-
flante, sillonnée d'un pétiole de veines.*

Les rythmes de l'orgueil descendent les mornes rouges.

Les tortues roulent aux détroits comme des astres bruns.

Des rades font un songe plein de têtes d'enfants...

Sois un homme aux yeux calmes qui rit,
silencieux qui rit sous l'aile calme du sourcil,
perfection du vol (et du bord immobile du cil il fait
retour aux choses qu'il a vues, empruntant les chemins de la mer frauduleuse... et du bord immobile
du cil

il nous a fait plus d'une promesse d'îles,

comme celui qui dit à un plus jeune : « Tu verras ! »

Et c'est lui qui s'entend avec le maître du navire).

IV

Azur! nos bêtes sont bondées d'un cri!

Je m'éveille, songeant au fruit noir de l'Anibe dans sa cupule verruqueuse et tronquée... Ah bien! les crabes ont dévoré tout un arbre à fruits mous. Un autre est plein de cicatrices, ses fleurs poussaient, succulentes, au tronc. Et un autre, on ne peut le toucher de la main, comme on prend à témoin, sans qu'il pleure aussitôt de ces mouches, couleurs!... Les fourmis courent en deux sens. Des femmes rient toutes seules dans les abutilons, ces fleurs jaunes-tachées-de-noir-pourpre-à-la-base que l'on emploie dans la diarrhée des bêtes à cornes... Et le sexe sent bon. La sueur s'ouvre un chemin frais. Un homme seul mettrait son nez dans le pli de son bras. Ces rives gonflent, s'écroulent sous des couches d'insectes aux noces saugrenues. La rame a bourgeonné dans la main du rameur. Un chien vivant au bout d'un croc est le meilleur appât pour le requin...

— *Je m'éveille songeant au fruit noir de l'Anibe; à des fleurs en paquets sous l'aisselle des feuilles.*

V

...Or ces eaux calmes sont de lait
    et tout ce qui s'épanche aux solitudes molles
du matin.

    Le pont lavé, avant le jour, d'une eau pareille
en songe au mélange de l'aube, fait une belle relation
du ciel. Et l'enfance adorable du jour, par la treille
des tentes roulées, descend à même ma chanson.

    Enfance, mon amour, n'était-ce que cela?...

    Enfance, mon amour... ce double anneau de
l'œil et l'aisance d'aimer...
    Il fait si calme et puis si tiède,
    il fait si continuel aussi,
    qu'il est étrange d'être là, mêlé des mains à la
facilité du jour...

    Enfance mon amour! il n'est que de céder...

33

Et l'ai-je dit, alors? je ne veux plus même de ces linges

     à remuer là, dans l'incurable, aux solitudes vertes du matin... Et l'ai-je dit, alors? il ne faut que servir

     comme de vieille corde... Et ce cœur, et ce cœur, là! qu'il traîne sur les ponts, plus humble et plus sauvage et plus, qu'un vieux faubert,

     exténué...

Et d'autres montent, à leur tour, sur le pont
et moi je prie, encore, qu'on ne tende la toile...
mais pour cette lanterne, vous pouvez bien l'éteindre...
Enfance, mon amour! c'est le matin, ce sont
des choses douces qui supplient, comme la
haine de chanter,
douces comme la honte, qui tremble sur les
lèvres, des choses dites de profil,
ô douces, et qui supplient, comme la voix la
plus douce du mâle s'il consent à plier son âme
rauque vers qui plie...
Et à présent je vous le demande, n'est-ce pas
le matin... une aisance du souffle
et l'enfance agressive du jour, douce comme le
chant qui étire les yeux?

VII

Un peu de ciel bleuit au versant de nos ongles.
La journée sera chaude où s'épaissit le feu. Voici
la chose comme elle sera :

Un grésillement aux gouffres écarlates, l'abîme
piétiné des buffles de la joie (ô joie inexplicable sinon
par la lumière!) Et le malade, en mer, dira

qu'on arrête le bateau pour qu'on puisse
l'ausculter.

Et grand loisir alors à tous ceux de l'arrière,
les ruées du silence refluant à nos fronts... Un oiseau
qui suivait, son vol l'emporte par-dessus tête, il évite
le mât, il passe, nous montrant ses pattes roses de
pigeon, sauvage comme Cambyse et doux comme
Assuérus... Et le plus jeune des voyageurs, s'asseyant
de trois quarts sur la lisse : « Je veux bien vous parler
des sources sous la mer... » (on le prie de conter)

— Cependant le bateau fait une ombre vert-

bleue ; paisible, clairvoyante, envahie de glucoses
où paissent

     en bandes souples qui sinuent

     ces poissons qui s'en vont comme le thème au
long du chant.

     ... Et moi, plein de santé, je vois cela, je vais
     près du malade et lui conte cela :
     et voici qu'il me hait.

VIII

Au négociant le porche sur la mer, et le toit
au faiseur d'almanachs !... Mais pour un autre le
voilier au fond des criques de vin noir, et cette odeur !
et cette odeur avide de bois mort, qui fait songer aux
taches du Soleil, aux astronomes, à la mort...

— Ce navire est à nous et mon enfance n'a
sa fin.

J'ai vu bien des poissons qu'on m'enseigne à
nommer. J'ai vu bien d'autres choses, qu'on ne voit
qu'en pleine Eau ; et d'autres qui sont mortes ; et
d'autres qui sont feintes... Et ni

les paons de Salomon, ni la fleur peinte au
baudrier des Ras, ni l'ocelot nourri de viande
humaine, devant les dieux de cuivre, par Monte-
zuma

ne passent en couleurs
ce poisson buissonneux hissé par-dessus bord

pour amuser ma mère qui est jeune et qui bâille.

... Des arbres pourrissaient au fond des criques de vin noir.

IX

... Oh finissez ! Si vous parlez encore
d'atterrir, j'aime mieux vous le dire,
je me jetterai là sous vos yeux.

La voile dit un mot sec, et retombe. Que faire?
Le chien se jette à l'eau et fait le tour de l'Arche.
Céder ! comme l'écoute.

... Détachez la chaloupe
ou ne le faites pas, ou décidez encore
qu'on se baigne... Cela me va aussi.

... Tout l'intime de l'eau se resonge en silence
aux contrées de la toile.
Allez, c'est une belle histoire qui s'organise là
— ô spondée du silence étiré sur ses longues !

... Et moi qui vous parlais, je ne sais rien, ni
d'aussi fort, ni d'aussi nu

qu'en travers du bateau, ciliée de ris et nous longeant, notre limite,
la grand'voile irritable couleur de cerveau.

... Actes, fêtes du front, et fêtes de la nuque!...
et ces clameurs, et ces silences! et ces nouvelles en voyage et ces messages par marées, ô libations du jour!... et la présence de la voile, grande âme malaisée, la voile étrange, là, et chaleureuse révélée, comme la présence d'une joue... Ô
bouffées!... Vraiment j'habite la gorge d'un dieu.

Pour débarquer des bœufs et des mulets,
on donne à l'eau, par-dessus bord, ces dieux
coulés en or et frottés de résine.
L'eau les vante! jaillit!
et nous les attendons à quai, avec des lattes
élevées en guise de flambeaux; et nous tenons les
yeux fixés sur l'étoile de ces fronts — étant là tout
un peuple dénué, vêtu de son luisant, et sobre.

Comme des lames de fond
      on tire aux magasins de grandes feuilles
souples de métal : arides, frémissantes et qui versent,
capté, tout un versant du ciel.

      Pour voir, se mettre à l'ombre. Sinon, rien.

      La ville est jaune de rancune. Le Soleil preci-
pite dans les darses une querelle de tonnerres. Un
vaisseau de fritures coule au bout de la rue

      raboteuse, qui de l'autre, bombant, s'appri-
voise parmi la poudre des tombeaux.

      (Car c'est le Cimetière, là, qui règne si haut,
à flanc de pierre ponce : foré de chambres, planté
d'arbres qui sont comme des dos de casoars.)

Nous avons un clergé, de la chaux.

Je vois briller les feux d'un campement de Soudeurs...

— *Les morts de cataclysme, comme des bêtes épluchées,*

dans ces boîtes de zinc portées par les Notables et qui reviennent de la Mairie par la grand'rue barrée d'eau verte (ô bannières gaufrées comme des dos de chenilles, et une enfance en noir pendue à des glands d'or!)

sont mis en tas, pour un moment, sur la place couverte du Marché :

où debout

et vivant

et vêtu d'un vieux sac qui fleure bon le riz,

un nègre dont le poil est de la laine de mouton noir grandit comme un prophète qui va crier dans

une conque — cependant que le ciel pommelé annonce
pour ce soir

      un autre tremblement de terre.

La tête de poisson ricane

entre les pis du chat crevé qui gonfle — vert
ou mauve? — Le poil, couleur d'écaille, est misérable,
colle,

comme la mèche que suce une très vieille petite
fille osseuse, aux mains blanches de lèpre.

La chienne rose traîne, à la barbe du pauvre,
toute une viande de mamelles. Et la marchande de
bonbons

se bat

contre les guêpes dont le vol est pareil aux
morsures du jour sur le dos de la mer. Un enfant
voit cela,

si beau

qu'il ne peut plus fermer ses doigts... Mais
le coco que l'on a bu et lancé là, tête aveugle qui clame
affranchie de l'épaule,

détourne du dalot

la splendeur des eaux pourpres lamées de graisses et d'urines, où trame le savon comme de la toile d'araignée.

*

Sur la chaussée de cornaline, une fille vêtue comme un roi de Lydie.

Silencieusement va la sève et débouche aux rives minces de la feuille.

Voici d'un ciel de paille où lancer, ô lancer ! à tour de bras la torche !

Pour moi, j'ai retiré mes pieds,

Ô mes amis où êtes-vous que je ne connais pas?... Ne verrez-vous cela aussi?... des havres crépitants, de belles eaux de cuivre mol où midi émietteur de cymbales troue l'ardeur de son puits... Ô c'est l'heure

où dans les villes surchauffées, au fond des cours gluantes sous les treilles glacées, l'eau coule aux bassins clos violée

des roses vertes de midi... et l'eau nue est pareille à la pulpe d'un songe, et le Songeur est couché là, et il tient au plafond son œil d'or qui guerroie...

Et l'enfant qui revient de l'école des Pères,
affectueux longeant l'affection des Murs qui sentent
le pain chaud, voit au bout de la rue où il tourne

la mer déserte plus bruyante qu'une criée aux
poissons. Et les boucauts de sucre coulent, aux
Quais de marcassite peints, à grands ramages, de
pétrole,

et des nègres porteurs de bêtes écorchées
s'agenouillent aux faïences des Boucheries Modèles,
déchargeant un faix d'os et d'ahan,

et au rond-point de la Halle de bronze, haute
demeure courroucée où pendent les poissons et qu'on
entend chanter dans sa feuille de fer, un homme
glabre, en cotonnade jaune, pousse un cri : je suis
Dieu ! et d'autres : il est fou !

et un autre envahi par le goût de tuer se met
en marche vers le Château-d'Eau avec trois billes
de poison : rose, verte, indigo.

Pour moi, j'ai retiré mes pieds.

XV

Enfance, mon amour, j'ai bien aimé le soir aussi : c'est l'heure de sortir.

Nos bonnes sont entrées aux corolles des robes... et collés aux persiennes, sous nos tresses glacées, nous avons

vu comme lisses, comme nues, elles élèvent à bout de bras l'anneau mou de la robe.

Nos mères vont descendre, parfumées avec l'herbe-à-Madame-Lalie... Leurs cous sont beaux. Va devant et annonce : Ma mère est la plus belle ! — J'entends déjà

les toiles empesées

qui traînent par les chambres un doux bruit de tonnerre... Et la Maison ! la Maison ?... on en sort !

Le vieillard même m'envierait une paire de crécelles

et de bruire par les mains comme une liane à pois, la guilandine ou le mucune.

*Ceux qui sont vieux dans le pays tirent une
chaise sur la cour, boivent des punchs couleur de
pus.*

... *Ceux qui sont vieux dans le pays le plus tôt sont levés*

 à pousser le volet et regarder le ciel, la mer qui change de couleur

 et les îles, disant : la journée sera belle si l'on en juge par cette aube.

 Aussitôt c'est le jour ! et la tôle des toits s'allume dans la transe, et la rade est livrée au malaise, et le ciel à la verve, et le Conteur s'élance dans la veille !

 La mer, entre les îles, est rose de luxure ; son plaisir est matière à débattre, on l'a eu pour un lot de bracelets de cuivre !

 Des enfants courent aux rivages ! des chevaux courent aux rivages !... un million d'enfants portant leurs cils comme des ombelles... et le nageur

a une jambe en eau tiède mais l'autre pèse
dans un courant frais ; et les gomphrènes, les ramies,
l'acalyphe à fleurs vertes et ces piléas cespi-
teuses qui sont la barbe des vieux murs

s'affolent sur les toits, au rebord des gouttières,

car un vent, le plus frais de l'année, se lève,
aux bassins d'îles qui bleuissent,
et déferlant jusqu'à ces cayes plates, nos
maisons, coule au sein du vieillard
par le havre de toile jusqu'au lieu plein de
crin entre les deux mamelles.

Et la journée est entamée, le monde
n'est pas si vieux que soudain il n'ait ri...

*

C'est alors que l'odeur du café remonte
l'escalier.

« *Quand vous aurez fini de me coiffer, j'aurai fini de vous haïr.* »

L'enfant veut qu'on le peigne sur le pas de la porte.

« *Ne tirez pas ainsi sur mes cheveux. C'est déjà bien assez qu'il faille qu'on me touche. Quand vous m'aurez coiffé, je vous aurai haïe.* »

Cependant la sagesse du jour prend forme d'un bel arbre

et l'arbre balancé

qui perd une pincée d'oiseaux

aux lagunes du ciel écaille un vert si beau qu'il n'y a de plus vert que la punaise d'eau.

« *Ne tirez pas si loin sur mes cheveux...* »

XVIII

A présent laissez-moi, je vais seul.

 Je sortirai, car j'ai affaire : un insecte m'attend
pour traiter. Je me fais joie

  du gros œil à facettes : anguleux, imprévu,
comme le fruit du cyprès.

 Ou bien j'ai une alliance avec les pierres
veinées-bleu : et vous me laissez également,

 assis, dans l'amitié de mes genoux.

          1908.

IMAGES A CRUSOÉ

LES CLOCHES

Vieil homme aux mains nues,
remis entre les hommes, Crusoé!

tu pleurais, j'imagine, quand des tours de
l'Abbaye, comme un flux, s'épanchait le sanglot des
cloches sur la Ville...

Ô Dépouillé!

Tu pleurais de songer aux brisants sous la
lune; aux sifflements de rives plus lointaines; aux
musiques étranges qui naissent et s'assourdissent
sous l'aile close de la nuit,

pareilles aux cercles enchaînés que sont les
ondes d'une conque, à l'amplification de clameurs
sous la mer...

LE MUR

Le pan de mur est en face, pour conjurer le cercle de ton rêve.

Mais l'image pousse son cri.

La tête contre une oreille du fauteuil gras, tu éprouves tes dents avec ta langue : le goût des graisses et des sauces infecte tes gencives.

Et tu songes aux nuées pures sur ton île, quand l'aube verte s'élucide au sein des eaux mystérieuses.

... C'est la sueur des sèves en exil, le suint amer des plantes à siliques, l'âcre insinuation des mangliers charnus et l'acide bonheur d'une substance noire dans les gousses.

C'est le miel fauve des fourmis dans les galeries de l'arbre mort.

C'est un goût de fruit vert, dont surit l'aube que tu bois ; l'air laiteux enrichi du sel des alizés...

Joie ! ô joie déliée dans les hauteurs du ciel ! Les toiles pures resplendissent, les parvis invisibles *sont semés d'herbages et les vertes délices du sol se peignent au siècle d'un long jour...*

LA VILLE

L'ardoise couvre leurs toitures, ou bien la tuile où végètent les mousses.

Leur haleine se déverse par le canal des cheminées.

Graisses!

Odeur des hommes pressés, comme d'un abattoir fade! aigres corps des femmes sous les jupes!

Ô Ville sur le ciel!

Graisses! haleines reprises, et la fumée d'un peuple très suspect — car toute ville ceint l'ordure.

Sur la lucarne de l'échoppe — sur les poubelles de l'hospice — sur l'odeur de vin bleu du quartier des matelots — sur la fontaine qui sanglote dans les cours de police — sur les statues de pierre blette et sur les chiens errants — sur le petit enfant qui siffle, et le mendiant dont les joues tremblent au creux des mâchoires,

sur la chatte malade qui a trois plis au front,

le soir descend, dans la fumée des hommes...

— *La Ville par le fleuve coule à la mer comme un abcès...*

Crusoé! — *ce soir près de ton Ile, le ciel qui se rapproche louangera la mer, et le silence multipliera l'exclamation des astres solitaires.*

Tire les rideaux; n'allume point :

C'est le soir sur ton Ile et à l'entour, ici et là, partout où s'arrondit le vase sans défaut de la mer; c'est le soir couleur de paupières, sur les chemins tissés du ciel et de la mer.

Tout est salé, tout est visqueux et lourd comme la vie des plasmes.

L'oiseau se berce dans sa plume, sous un rêve huileux; le fruit creux, sourd d'insectes, tombe dans l'eau des criques, fouillant son bruit.

L'île s'endort au cirque des eaux vastes, lavée des courants chauds et des laitances grasses, dans la fréquentation des vases somptueuses.

Sous les palétuviers qui la propagent, des poissons lents parmi la boue ont délivré des bulles avec leur tête plate; et d'autres qui sont lents, tachés comme des reptiles, veillent. — Les vases sont fécondées — Entends claquer les bêtes creuses dans leurs coques — Il y a sur un morceau de ciel vert une fumée hâtive qui est le vol emmêlé des moustiques — Les criquets sous les feuilles s'appellent doucement — Et d'autres bêtes qui sont douces, attentives au soir, chantent un chant plus pur que l'annonce des pluies : c'est la déglutition de deux perles gonflant leur gosier jaune...

Vagissement des eaux tournantes et lumineuses !

Corolles, bouches des moires : le deuil qui point et s'épanouit ! Ce sont de grandes fleurs mouvantes en voyage, des fleurs vivantes à jamais, et qui ne cesseront de croître par le monde...

Ô la couleur des brises circulant sur les eaux calmes,
les palmes des palmiers qui bougent !

Et pas un aboiement lointain de chien qui signifie la hutte ; qui signifie la hutte et la fumée du soir et les trois pierres noires sous l'odeur de piment.

Mais les chauves-souris découpent le soir mol à petits cris.

Joie ! ô joie déliée dans les hauteurs du ciel !
... Crusoé ! tu es là ! Et ta face est offerte aux signes de la nuit, comme une paume renversée.

VENDREDI

Rires dans du soleil,
   ivoire! agenouillements timides, les mains aux
choses de la terre...
   Vendredi! que la feuille était verte, et ton
ombre nouvelle, les mains si longues vers la terre,
quand, près de l'homme taciturne, tu remuais sous
la lumière le ruissellement bleu de tes membres!
   — Maintenant l'on t'a fait cadeau d'une
défroque rouge. Tu bois l'huile des lampes et voles
au garde-manger; tu convoites les jupes de la cuisi-
nière qui est grasse et qui sent le poisson; tu mires
au cuivre de ta livrée tes yeux devenus fourbes et
ton rire, vicieux.

LE PERROQUET

C'est un autre.

Un marin bègue l'avait donné à la vieille femme qui l'a vendu. Il est sur le palier près de la lucarne, là où s'emmêle au noir la brume sale du jour couleur de venelles.

D'un double cri, la nuit, il te salue, Crusoé, quand, remontant des fosses de la cour, tu pousses la porte du couloir et élèves devant toi l'astre précaire de ta lampe. Il tourne sa tête pour tourner son regard. Homme à la lampe! que lui veux-tu?... Tu regardes l'œil rond sous le pollen gâté de la paupière; tu regardes le deuxième cercle comme un anneau de sève morte. Et la plume malade trempe dans l'eau de fiente.

Ô misère! Souffle ta lampe. L'oiseau pousse son cri.

LE PARASOL DE CHÈVRE

Il est dans l'odeur grise de poussière, dans la soupente du grenier. Il est sous une table à trois pieds : c'est entre la caisse où il y a du sable pour la chatte et le fût décerclé où s'entasse la plume.

L'ARC

Devant les sifflements de l'âtre, transi sous ta houppelande à fleurs, tu regardes onduler les nageoires douces de la flamme. — Mais un craquement fissure l'ombre chantante : c'est ton arc, à son clou, qui éclate. Et il s'ouvre tout au long de sa fibre secrète, comme la gousse morte aux mains de l'arbre guerrier.

LA GRAINE

*Dans un pot tu l'as enfouie, la graine pourpre
demeurée à ton habit de chèvre.*
Elle n'a point germé.

LE LIVRE

Et quelle plainte alors sur la bouche de l'âtre,
un soir de longues pluies en marche vers la ville,
remuait dans ton cœur l'obscure naissance du
langage :

« ...*D'un exil lumineux — et plus lointain*
déjà que l'orage qui roule — comment garder les
voies, ô mon Seigneur! que vous m'aviez livrées?

« ...*Ne me laisserez-vous que cette confusion*
du soir — après que vous m'ayez, un si long jour,
nourri du sel de votre solitude,

témoin de vos silences, de votre ombre et de vos
grands éclats de voix? »

— *Ainsi tu te plaignais, dans la confusion*
du soir.

Mais sous l'obscure croisée, devant le pan de
mur d'en face, lorsque tu n'avais pu ressusciter
l'éblouissement perdu,

alors, ouvrant le Livre,

tu promenais un doigt usé entre les prophéties,
puis le regard fixé au large, tu attendais l'instant
du depart, le lever du grand vent qui te descellerait
d'un coup. comme un typhon, divisant les nuées
devant l'attente de tes yeux.

1904

LA GLOIRE DES ROIS

RÉCITATION
A L'ÉLOGE D'UNE REINE

I

« Haut asile des graisses vers qui cheminent les désirs

d'un peuple de guerriers muets avaleurs de salive,

ô Reine! romps la coque de tes yeux, annonce en ton épaule qu'elle vit!

ô Reine, romps la coque de tes yeux, sois-nous propice, accueille

un fier désir, ô Reine! comme un jeu sous l'huile, de nous baigner nus devant Toi,

jeunes hommes! »

*

— Mais qui saurait par où faire entrée dans Son cœur?

« J'ai dit, ne comptant point ses titres sur mes doigts :

Ô Reine sous le rocou! grand corps couleur d'écorce, ô corps comme une

table de sacrifices! et table de ma loi!

Aînée! ô plus Paisible qu'un dos de fleuve, nous louons

qu'un crin splendide et fauve orne ton flanc caché,

dont l'ambassadeur rêve qui se met en chemin dans sa plus belle robe! »

*

— Mais qui saurait par où faire entrée dans Son cœur?

« J'ai dit en outre, menant mes yeux comme deux chiennes bien douées :

Ô bien-Assise, ô Lourde! tes mains pacifiques et larges

sont comme un faix puissant de palmes sur l'aise de tes jambes,

ici et là, où brille et tourne

le bouclier luisant de tes genoux; et nul fruit à ce ventre infécond scellé du haut nombril ne veut pendre, sinon

par on ne sait quel secret pédoncule

nos têtes! »

*

— Mais qui saurait par où faire entrée dans Son cœur?

« *Et dit encore, menant mes yeux comme de
jeunes hommes à l'écart :*
     ...*Reine parfaitement grasse, soulève*
     cette jambe de sur cette autre ; et par là faisant
don du parfum de ton corps,
     ô Affable ! ô Tiède, ô un-peu-Humide, et
Douce,
     il est dit que tu nous
     dévêtiras d'un souvenir cuisant des champs
de poivriers et des grèves où croît l'arbre-à-cendre
et des gousses nubiles et des bêtes à poche
     musquée ! »

                    *

— Mais qui sauraıt par où faire entrée dans Son
cœur ?

V

« *Ha Nécessaire! et Seule!... il se peut qu'aux trois plis de ce ventre réside*
    toute sécurité de ton royaume :
    sois immobile et sûre, sois la haie de nos transes nocturnes!
    La sapotille choit dans une odeur d'encens; Celui qui bouge entre les feuilles, le Soleil
    a des fleurs et de l'or pour ton epaule bien lavée
    et la Lune qui gouverne les marées est la même qui commande, ò Legale!
    au rite orgueilleux de tes menstrues! »

*

— Mais qui saurait par où faire entrée dans Son cœur?

AMITIÉ DU PRINCE

I

Et toi plus maigre qu'il ne sied au tranchant
de l'esprit, homme aux narines minces parmi nous,
ô Très-Maigre! ô Subtil! Prince vêtu de tes sentences ainsi qu'un arbre sous bandelettes,

aux soirs de grande sécheresse sur la terre,
lorsque les hommes en voyage disputent des choses
de l'esprit adossés en chemin à de très grandes jarres,
j'ai entendu parler de toi de ce côté du monde, et la
louange n'était point maigre :

« ...Nourri des souffles de la terre, environné
des signes les plus fastes et devisant de telles prémisses, de tels schismes, ô Prince sous l'aigrette,
comme la tige en fleurs à la cime de l'herbe (et
l'oiseau qui s'y berce et s'enfuit y laisse un tel balan-
cement... et te voici toi-même, ô Prince par l'absurde,
comme une grande fille folle sous la grâce à se bercer
soi-même au souffle de sa naissance...),

« docile aux souffles de la terre, ô Prince sous

l'aigrette et le signe invisible du songe, ô Prince sous la huppe, comme l'oiseau chantant le signe de sa naissance,

« je dis ceci, écoute ceci :

« Tu es le Guérisseur et l'Assesseur et l'Enchanteur aux sources de l'esprit! Car ton pouvoir au cœur de l'homme est une chose étrange et ton aisance est grande parmi nous.

« J'ai vu le signe sur ton front et j'ai considéré ton rôle parmi nous. Tiens ton visage parmi nous, vois ton visage dans nos yeux, sache quelle est ta race : non point débile, mais puissante.

« Et je te dis encore ceci : Homme-très-attrayant, ô Sans-coutume-parmi-nous, ô Dissident! une chose est certaine, que nous portons le sceau de ton regard; et un très grand besoin de toi nous tient aux lieux où tu respires, et de plus grand bien-être qu'avec toi nous n'en connaissons point... Tu peux te taire parmi nous, si c'est là ton humeur; ou décider encore que tu vas seul, si c'est là ton humeur : on ne te demande que d'être là! (Et maintenant tu sais quelle est ta race)... »

*

— C'est du Roi que je parle, ornement de nos veilles, honneur du sage sans honneur.

II

*Ainsi parlant et discourant, ils établissent
son renom. Et d'autres voix s'élèvent sur son compte :*

*« ...Homme très simple parmi nous ; le plus
secret dans ses desseins ; dur à soi-même, et se taisant, et ne concluant point de paix avec soi-même,
mais pressant,*

*« errant aux salles de chaux vive, et fomentant
au plus haut point de l'âme une grande querelle...
A l'aube s'apaisant, et sobre, saisissant aux naseaux
une invisible bête fremissante... Bientôt peut-être,
les mains libres, s'avançant dans le jour au parfum
de viscères, et nourrissant ses pensées claires au
petit-lait du jour...*

*« A midi, dépouillant, aux bouches des citernes,
sa fièvre aux mains de filles fraîches comme des
cruches... Et ce soir cheminant en lieux vastes et nus,
et chantant à la nuit ses plus beaux chants de Prince
pour nos chauves-souris nourries de figues pures... »*

Ainsi parlant et discourant... Et d'autres voix s'élèvent sur son compte :

« *...Bouche close à jamais sur la feuille de l'âme !... On dit que maigre, désertant l'abondance sur la couche royale, et sur des nattes maigres fréquentant nos filles les plus minces, il vit loin des déportements de la Reine démente (Reine hantée de passions comme d'un flux du ventre); et parfois ramenant un pan d'étoffe sur sa face, il interroge ses pensées claires et prudentes, ainsi qu'un peuple de lettrés à la lisière des pourritures monstrueuses... D'autres l'ont vu dans la lumière, attentif à son souffle, comme un homme qui épie une guêpe terrière; ou bien assis dans l'ombre mimosée, comme celui qui dit, à la mi-lune : « Qu'on m'apporte — je veille et je n'ai point sommeil — qu'on m'apporte ce livre des plus vieilles Chroniques... Sinon l'histoire, j'aime l'odeur de ces grands Livres en peau de chèvre (et je n'ai point sommeil). »*

« *...Tel sous le signe de son front, les cils hantés d'ombrages immortels et la barbe poudrée d'un pollen de sagesse, Prince flairé d'abeilles sur sa chaise d'un bois violet très odorant, il veille. Et c'est là sa fonction. Et il n'en a point d'autre parmi nous.* »

Ainsi parlant et discourant, ils font le siège de son nom. Et moi, j'ai rassemblé mes mules, et je m'engage dans un pays de terres pourpres, son

*domaine. J'ai des présents pour lui et plus d'un mot
silencieux.*

*

— C'est du Roi que je parle, ornement de nos
veilles, honneur du sage sans honneur.

III

Je reviendrai chaque saison, avec un oiseau
vert et bavard sur le poing. Ami du Prince taciturne.
Et ma venue est annoncée aux bouches des rivières.
Il me fait parvenir une lettre par les gens de la côte :

« Amitié du Prince! Hâte-toi... Son bien
peut-être à partager. Et sa confiance, ainsi qu'un
mets de prédilection... Je t'attendrai chaque saison
au plus haut flux de mer, interrogeant sur tes projets
les gens de mer et de rivière... La guerre, le négoce,
les règlements de dettes religieuses sont d'ordinaire
la cause des déplacements lointains : toi tu te plais
aux longs déplacements sans cause. Je connais ce
tourment de l'esprit. Je t'enseignerai la source de
ton mal. Hâte-toi.

« Et si ta science encore s'est accrue, c'est une
chose aussi que j'ai dessein de vérifier. Et comme
celui, sur son chemin, qui trouve un arbre à ruches
a droit à la propriété du miel, je recueillerai le fruit

de ta sagesse; et je me prévaudrai de ton conseil.
Aux soirs de grande sécheresse sur la terre, nous
deviserons des choses de l'esprit. Choses probantes
et peu sûres. Et nous nous réjouirons des convoitises
de l'esprit... Mais d'une race à l'autre la route est
longue: et j'ai moi-même affaire ailleurs. Hâte-toi!
je t'attends!... Prends par la route des marais et
par les bois de camphriers. »

    Telle est sa lettre. Elle est d'un sage. Et ma
réponse est celle-ci :

    « *Honneur au Prince sous son nom! La condi-*
tion de l'homme est obscure. Et quelques-uns témoi-
gnent d'excellence. Aux soirs de grande sécheresse
sur la terre, j'ai entendu parler de toi de ce côté du
monde, et la louange n'était point maigre. Ton nom
fait l'ombre d'un grand arbre. J'en parle aux hommes
de poussière, sur les routes; et ils s'en trouvent
rafraîchis.

    « *Ceci encore j'ai à te dire :*

    « *J'ai pris connaissance de ton message. Et*
l'amitié est agréée, comme un présent de feuilles
odorantes : mon cœur s'en trouve rafraîchi... Comme
le vent du Nord-Ouest, quand il pousse l'eau de mer
profondément dans les rivières (et pour trouver de
l'eau potable il faut remonter le cours des affluents),
une égale fortune me conduit jusqu'à toi. Et je me
hâterai, mâchant la feuille stimulante. »

Telle est ma lettre, qui chemine. Cependant il m'attend, assis à l'ombre sur son seuil...

*

— C'est du Roi que je parle, ornement de nos veilles, honneur du sage sans honneur.

IV

...*Assis à l'ombre sur son seuil, dans les clameurs d'insectes très arides. (Et qui demanderait
qu'on fasse taire cette louange sous les feuilles?)
Non point stérile sur son seuil, mais plutôt fleurissant
en bons mots, et sachant rire d'un bon mot,*

*Assis, de bon conseil aux jeux du seuil, grattant
sagesse et bonhomie sous le mouchoir de tête (et son
tour vient de secouer le dé, l'osselet ou les billes) :
tel sur son seuil je l'ai surpris, à la tombée du jour,
entre les hauts crachoirs de cuivre.*

*Et le voici qui s'est levé! Et debout, lourd
d'ancêtres et nourrisson de Reines, se couvrant tout
entier d'or à ma venue, et descendant vraiment une
marche, deux marches, peut-être plus, disant :
« Ô Voyageur... », ne l'ai-je point vu se mettre en
marche à ma rencontre?... Et par-dessus la foule des
lettrés, l'aigrette d'un sourire me guide jusqu'à lui.*

Pendant ce temps les femmes ont ramassé les

instruments du jeu, l'osselet ou le dé : « Demain nous causerons des choses qui t'amènent... »

Puis les hommes du convoi arrivent à leur tour; sont logés, et lavés; livrés aux femmes pour la nuit : « Qu'on prenne soin des bêtes déliées... »

Et la nuit vient avant que nous n'ayons coutume de ces lieux. Les bêtes meuglent parmi nous. De très grandes places à nos portes sont traversées d'un long sentier. Des pistes de fraîcheur s'ouvrent leur route jusqu'à nous. Et il se fait un mouvement à la cime de l'herbe. Les abeilles quittent les cavernes à la recherche des plus hauts arbres dans la lumière. Nos fronts sont mis à découvert, les femmes ont relevé leur chevelure sur leur tête. Et les voix portent dans le soir. Tous les chemins silencieux du monde sont ouverts. Nous avons écrasé de ces plantes à huile. Le fleuve est plein de bulles, et le soir est plein d'ailes, le ciel couleur d'une racine rose d'ipomée. Et il n'est plus question d'agir ni de compter, mais la faiblesse gagne les membres du plus fort; et d'heure plus vaste que cette heure, nous n'en connûmes point...

Au loin sont les pays de terres blanches, ou bien d'ardoises. Les hommes de basse civilisation errent dans les montagnes. Et le pays est gouverné... La lampe brille sous Son toit.

— C'est du Roi que je parle, ornement de nos
veilles, honneur du sage sans honneur.

HISTOIRE DU RÉGENT

Tu as vaincu! tu as vaincu! Que le sang était beau, et la main

qui du pouce et du doigt essuyait une lame!... C'était

il y a des lunes. Et nous avions eu chaud. Il me souvient des femmes qui fuyaient avec des cages d'oiseaux verts ; des infirmes qui raillaient ; et des paisibles culbutés au plus grand lac de ce pays... ; du prophète qui courait derrière les palissades, sur une chamelle borgne...

Et tout un soir, autour des feux, on fit ranger les plus habiles de ceux-là

qui sur la flûte et le triangle savent tenir un chant.

Et les bûchers croulaient chargés de fruit humain. Et les Rois couchaient nus dans l'odeur de la mort. Et quand l'ardeur eut délaissé les cendres fraternelles,

nous avons recueilli les os blancs que voilà,
baignant dans le vin pur.

CHANSON DU PRÉSOMPTIF

J'honore les vivants, j'ai face parmi vous.
Et l'un parle à ma droite dans le bruit de son âme
et l'autre monte les vaisseaux,
le Cavalier s'appuie de sa lance pour boire.
(Tirez à l'ombre, sur son seuil, la chaise peinte du
            vieillard.)

*

J'honore les vivants, j'ai grâce parmi vous.
Dites aux femmes qu'elles nourrissent,
qu'elles nourrissent sur la terre ce filet mince de
            fumée...
Et l'homme marche dans les songes et s'achemine
            vers la mer
et la fumée s'élève au bout des promontoires.

*

J'honore les vivants, j'ai hâte parmi vous.
Chiens, ho! mes chiens, nous vous sifflons...
Et la maison chargée d'honneurs et l'année jaune
    entre les feuilles
sont peu de chose au cœur de l'homme s'il y songe :
tous les chemins du monde nous mangent dans la
    main!

BERCEUSE

Première-Née — temps de l'oriole,
Première-Née — le mil en fleurs,
Et tant de flûtes aux cuisines...
Mais le chagrin au cœur des Grands
Qui n'ont que filles à leur arc.

S'assembleront les gens de guerre,
Et tant de sciences aux terrasses...
Première-Née, chagrin du peuple,
Les dieux murmurent aux citernes,
Se taisent les femmes aux cuisines.

Gênait les prêtres et leurs filles,
Gênait les gens de chancellerie
Et les calculs de l'astronome :
« Dérangerez-vous l'ordre et le rang? »
Telle est l'erreur à corriger.

Du lait de Reine tôt sevrée,
Au lait d'euphorbe tôt vouée,
Ne ferez plus la moue des Grands
Sur le miel et sur le mil,
Sur la sébile des vivants...

L'ânier pleurait sous les lambris,
Oriole en main, cigale en l'autre :
« Mes jolies cages, mes jolies cages,
Et l'eau de neige de mes outres,
Ah! pour qui donc, fille des Grands? »

*

Fut embaumée, fut lavée d'or,
Mise au tombeau dans les pierres noires :
En lieu d'agaves, de beau temps,
Avec ces cages à grillons
Et le soleil d'ennui des Rois.

S'en fut l'ânier, s'en vint le Roi!
« Qu'on peigne la chambre d'un ton vif
Et la fleur mâle au front des Reines... »
J'ai fait ce rêve, dit l'oriole,
D'un cent de reines en bas âge.

Pleurez, l'ânie, chantez, l'oriole,
Les filles closes dans les jarres
Comme cigales dans le miel,
Les flûtes mortes aux cuisines
Et tant de sciences aux terrasses.

*

N'avait qu'un songe et qu'un chevreau
— Fille et chevreau de même lait —
N'avait l'amour que d'une Vieille.
Ses caleçons d'or furent au Clergé,
Ses guimpes blanches à la Vieille...

Très vieille femme de balcon
Sur sa berceuse de rotin,
Et qui mourra de grand beau temps
Dans le faubourg d'argile verte...
« Chantez, ô Rois, les fils a naître! »

Aux salles blanches comme semoule
Le Scribe range ses pains de terre.
L'ordre reprend dans les grands Livres.
Pour l'oriole et le chevreau,
Voyez le Maître des cuisines.

ANABASE

CHANSON

Il naissait un poulain sous les feuilles de bronze. Un homme mit des baies amères dans nos mains. Étranger. Qui passait. Et voici qu'il est bruit d'autres provinces à mon gré... « Je vous salue, ma fille, sous le plus grand des arbres de l'année. »

*

Car le soleil entre au Lion et l'Étranger a mis son doigt dans la bouche des morts. Étranger. Qui riait. Et nous parle d'une herbe. Ah! tant de souffles aux provinces! Qu'il est d'aisance dans nos voies! que la trompette m'est délice, et la plume savante au scandale de l'aile!... « Mon âme, grande fille, vous aviez vos façons qui ne sont pas les nôtres. »

*

Il naquit un poulain sous les feuilles de bronze. Un homme mit ces baies amères dans nos mains. Étranger. Qui passait. Et voici d'un grand bruit dans un arbre de bronze. Bitume et roses, don du chant! Tonnerre et flûtes dans les chambres! Ah! tant d'aisance dans nos voies, ah! tant d'histoires à l'année, et l'Étranger à ses façons par les chemins de toute la terre!... « Je vous salue, ma fille, sous la plus belle robe de l'année. »

ANABASE

I

Sur trois grandes saisons m'établissant avec
honneur, j'augure bien du sol où j'ai fondé ma loi.
    Les armes au matin sont belles et la mer. A nos
chevaux livrée la terre sans amandes
        nous vaut ce ciel incorruptible. Et le soleil
n'est point nommé, mais sa puissance est parmi nous
        et la mer au matin comme une présomption
de l'esprit.

    Puissance, tu chantais sur nos routes noc-
turnes!... Aux ides pures du matin que savons-nous
du songe, notre aînesse?
    Pour une année encore parmi vous! Maître
du grain, maître du sel, et la chose publique sur de
justes balances!
    Je ne hélerai point les gens d'une autre rive.
Je ne tracerai point de grands
        quartiers de villes sur les pentes avec le sucre

des coraux. Mais j'ai dessein de vivre parmi vous.

Au seuil des tentes toute gloire! ma force parmi vous! et l'idée pure comme un sel tient ses assises dans le jour.

*

... Or je hantais la ville de vos songes et j'arrêtais sur les marchés déserts ce pur commerce de mon âme, parmi vous

invisible et fréquente ainsi qu'un feu d'épines en plein vent.

Puissance, tu chantais sur nos routes splendides!... « Au délice du sel sont toutes lances de l'esprit... J'aviverai du sel les bouches mortes du désir!

Qui n'a, louant la soif, bu l'eau des sables dans un casque,

je lui fais peu crédit au commerce de l'âme... » (Et le soleil n'est point nommé, mais sa puissance est parmi nous.)

Hommes, gens de poussière et de toutes façons, gens de négoce et de loisir, gens des confins et gens d'ailleurs, ô gens de peu de poids dans la mémoire de ces lieux; gens des vallées et des plateaux et des

*plus hautes pentes de ce monde à l'échéance de nos
rives; flaireurs de signes, de semences, et confesseurs
de souffles en Ouest; suiveurs de pistes, de saisons,
leveurs de campements dans le petit vent de l'aube;
ô chercheurs de points d'eau sur l'écorce du monde;
ô chercheurs, ô trouveurs de raisons pour s'en aller
ailleurs,*

*vous ne trafiquez pas d'un sel plus fort quand,
au matin, dans un présage de royaumes et d'eaux
mortes hautement suspendues sur les fumées du
monde, les tambours de l'exil éveillent aux frontières
l'éternité qui bâille sur les sables.*

*

*... En robe pure parmi vous. Pour une
année encore parmi vous. « Ma gloire est sur les
mers, ma force est parmi vous!*

*A nos destins promis ce souffle d'autres rives
et, portant au-delà les semences du temps, l'éclat
d'un siècle sur sa pointe au fléau des balances... »*

*Mathématiques suspendues aux banquises du
sel! Au point sensible de mon front où le poème s'éta-
blit, j'inscris ce chant de tout un peuple, le plus ivre,
à nos chantiers tirant d'immortelles carènes!*

Aux pays fréquentés sont les plus grands silences, aux pays fréquentés de criquets à midi.

Je marche, vous marchez dans un pays de hautes pentes à mélisses, où l'on met à sécher la lessive des Grands.

Nous enjambons la robe de la Reine, toute en dentelle avec deux bandes de couleur bise (ah! que l'acide corps de femme sait tacher une robe à l'endroit de l'aisselle!).

Nous enjambons la robe de Sa fille, toute en dentelle avec deux bandes de couleur vive (ah! que la langue du lézard sait cueillir les fourmis à l'endroit de l'aisselle!).

Et peut-être le jour ne s'écoule-t-il point qu'un même homme n'ait brûlé pour une femme et pour sa fille.

Rire savant des morts, qu'on nous pèle ces fruits!... Eh quoi! n'est-il plus grâce au monde sous la rose sauvage?

Il vient, de ce côté du monde un grand mal violet sur les eaux. Le vent se lève. Vent de mer. Et la lessive

part! comme un prêtre mis en pièces...

A la moisson des orges l'homme sort. Je ne sais qui de fort a parlé sur mon toit. Et voici que ces Rois sont assis à ma porte. Et l'Ambassadeur mange à la table des Rois. *(Qu'on les nourrisse de mon grain!)* Le Vérificateur des poids et des mesures descend les fleuves emphatiques avec toute sorte de débris d'insectes

et de fétus de paille dans sa barbe.

Va! nous nous étonnons de toi, Soleil! Tu nous as dit de tels mensonges!... Fauteur de troubles, de discordes! nourri d'insultes et d'esclandres, ô Frondeur! fais éclater l'amande de mon œil! Mon cœur a pépié de joie sous les magnificences de la chaux, l'oiseau chante : « ô vieillesse!... », les fleuves sont sur leurs lits comme des cris de femmes et ce monde est plus beau

qu'une peau de bélier peinte en rouge!

Ha! plus ample l'histoire de ces feuillages à nos murs, et l'eau plus pure qu'en des songes, grâces, grâces lui soient rendues de n'être pas un songe! Mon âme est pleine de mensonge, comme la mer agile et forte sous la vocation de l'éloquence! L'odeur puissante m'environne. Et le doute s'élève sur la réalité des choses. Mais si un homme tient pour agréable sa tristesse, qu'on le produise dans le jour! et mon avis est qu'on le tue, sinon

  il y aura une sédition.

  Mieux dit : nous t'avisons, Rhéteur! de nos profits incalculables. Les mers fautives aux Détroits n'ont point connu de juge plus étroit! Et l'homme enthousiasmé d'un vin, portant son cœur farouche et bourdonnant comme un gâteau de mouches noires, se prend à dire de ces choses : « ... Roses, pourpre délice : la terre vaste à mon désir, et qui en posera les limites ce soir?... la violence au cœur du sage, et qui en posera les limites ce soir?... » Et un tel, fils d'un tel, homme pauvre,

  vient au pouvoir des signes et des songes.

  « Tracez les routes où s'en aillent les gens de toute race, montrant cette couleur jaune du talon : les princes, les ministres, les capitaines aux voix amygdaliennes; ceux qui ont fait de grandes choses, et

ceux qui voient en songe ceci ou cela... Le prêtre a déposé ses lois contre le goût des femmes pour les bêtes. Le grammairien choisit le lieu de ses disputes en plein air. Le tailleur pend à un vieil arbre un habit neuf d'un très beau velours. Et l'homme atteint de gonorrhée lave son linge dans l'eau pure. On fait brûler la selle du malingre et l'odeur en parvient au rameur sur son banc,

    elle lui est délectable. »

    A la moisson des orges l'homme sort. L'odeur puissante m'environne, et l'eau plus pure qu'en Jabal fait ce bruit d'un autre âge... Au plus long jour de l'année chauve, louant la terre sous l'herbage, je ne sais qui de fort a marché sur mes pas. Et des morts sous le sable et l'urine et le sel de la terre, voici qu'il en est fait comme de la balle dont le grain fut donné aux oiseaux. Et mon âme, mon âme veille à grand bruit aux portes de la mort — Mais dis au Prince qu'il se taise : à bout de lance parmi nous

    ce crâne de cheval !

C'est là le train du monde et je n'ai que du bien
à en dire — Fondation de la ville. Pierre et bronze.
Des feux de ronces à l'aurore
      mirent à nu ces grandes
      pierres vertes et huileuses comme des fonds de
temples, de latrines,
      et le navigateur en mer atteint de nos fumées
vit que la terre, jusqu'au faîte, avait changé d'image
(de grands écobuages vus du large et ces travaux
de captation d'eaux vives en montagne).

      Ainsi la ville fut fondée et placée au matin
sous les labiales d'un nom pur. Les campements
s'annulent aux collines! Et nous qui sommes là sur
les galeries de bois,
      tête nue et pieds nus dans la fraîcheur du
monde,
qu'avons-nous donc à rire, mais qu'avons-nous
à rire, sur nos sièges, pour un débarquement de filles
et de mules?

et qu'est-ce à dire, depuis l'aube, de tout ce peuple sous les voiles? — *Des arrivages de farines!...* Et les vaisseaux plus hauts qu'Ilion sous le paon blanc du ciel, ayant franchi la barre, s'arrêtaient

en ce point mort où flotte un âne mort. (Il s'agit d'arbitrer ce fleuve pâle, sans destin, d'une couleur de sauterelles écrasées dans leur sève.)

Au grand bruit frais de l'autre rive, les forgerons sont maîtres de leurs feux! Les claquements du fouet déchargent aux rues neuves des tombereaux de malheurs inéclos. Ô mules, nos ténèbres sous le sabre de cuivre! quatre têtes rétives au nœud du poing font un vivant corymbe sur l'azur. Les fondateurs d'asiles s'arrêtent sous un arbre et les idées leur viennent pour le choix des terrains. Ils m'enseignent le sens et la destination des bâtiments : face honorée, face muette; les galeries de latérite, les vestibules de pierre noire, et les piscines d'ombre claire pour bibliothèques; des constructions très fraîches pour les produits pharmaceutiques. Et puis s'en viennent les banquiers qui sifflent dans leurs clefs. Et déjà par les rues un homme chantait seul, de ceux qui peignent sur leur front le chiffre de leur Dieu. (Crépitements d'insectes à jamais dans ce quartier aux détritus!)... Et ce n'est point le lieu de vous conter nos alliances avec les gens de l'autre rive; l'eau

119

offerte dans les outres, les prestations de cavalerie
pour les travaux du port et les princes payés en
monnaie de poissons. (Un enfant triste comme la
mort des singes — sœur aînée d'une grande beauté —
nous offrait une caille dans un soulier de satin rose.)

...Solitude! L'œuf bleu que pond un grand
oiseau de mer, et les baies au matin tout encombrées
de citrons d'or! — C'était hier! L'oiseau s'en fut!
    Demain les fêtes, les clameurs, les avenues
plantées d'arbres à gousses et les services de voirie
emportant à l'aurore de grands morceaux de palmes
mortes, débris d'ailes géantes... Demain les fêtes,
    les élections de magistrats du port, les vocalises
aux banlieues et, sous les tièdes couvaisons d'orage,
    la ville jaune, casquée d'ombre, avec ses cale-
çons de filles aux fenêtres.

*

...A la troisième lunaison, ceux qui veillaient
aux crêtes des collines replièrent leurs toiles. On fit
brûler un corps de femme dans les sables. Et un
homme s'avança à l'entrée du Désert — profession
de son père : marchand de flacons.

V

Pour mon âme mêlée aux affaires lointaines,
cent feux de villes avivés par l'aboiement des chiens...

Solitude! nos partisans extravagants nous
vantaient nos façons, mais nos pensées déjà cam-
paient sous d'autres murs :

« Je n'ai dit à personne d'attendre... Je vous
hais tous avec douceur... Et qu'est-ce à dire de ce
chant que vous tirez de nous?... »

Duc d'un peuple d'images à conduire aux
Mers Mortes, où trouver l'eau nocturne qui lavera
nos yeux?

Solitude!... Des compagnies d'étoiles passent
au bord du monde, s'annexant aux cuisines un astre
domestique.

Les Rois Confédérés du ciel mènent la guerre
sur mon toit et, maîtres des hauteurs, y établissent
leurs bivacs.

Que j'aille seul avec les souffles de la nuit,

*parmi les Princes pamphlétaires, parmi les chutes
de Biélides!...*

*Ame jointe en silence au bitume des Mortes!
Cousues d'aiguilles nos paupières! louée l'attente
sous nos cils!*

*La nuit donne son lait, qu'on y prenne bien
garde! et qu'un doigt de miel longe les lèvres du
prodigue :*

« *...Fruit de la femme, ô Sabéenne!...* » *Tra-
hissant l'âme la moins sobre et soulevé des pures
pestilences de la nuit,*

*je m'élèverai dans mes pensées contre l'activité
du songe; je m'en irai avec les oies sauvages, dans
l'odeur fade du matin!...*

— *Ha! quand l'étoile s'anuitait au quartier
des servantes, savions-nous que déjà tant de lances
nouvelles*

*poursuivaient au désert les silicates de l'Été?
« Aurore, vous contiez... » Ablutions aux rives des
Mers Mortes!*

*Ceux qui ont couché nus dans l'immense saison
se lèvent en foule sur la terre — se lèvent en foules
et s'écrient*

*que ce monde est insane!... Le vieillard bouge
des paupières dans la lumière jaune; la femme s'étire
sur son ongle;*

et le poulain poisseux met son menton barbu

dans la main de l'enfant, qui ne rêve pas encore de
lui crever un œil...

    « Solitude ! Je n'ai dit à personne d'attendre...
Je m'en irai par là quand je voudrai... » — Et
l'Étranger tout habillé

    de ses pensées nouvelles se fait encore des par-
tisans dans les voies du silence : son œil est plein
d'une salive,

    il n'y a plus en lui substance d'homme. Et la
terre en ses graines ailées, comme un poète en ses
propos, voyage...

VI

Tout-puissants dans nos grands gouvernements militaires, avec nos filles parfumées qui se vêtaient d'un souffle, ces tissus,

nous établîmes en haut lieu nos pièges au bonheur.

Abondance et bien-être, bonheur! Aussi long-temps nos verres où la glace pouvait chanter comme Memnon......

Et fourvoyant à l'angle des terrasses une mêlée d'éclairs, de grands plats d'or aux mains des filles de service fauchaient l'ennui des sables aux limites du monde.

Puis ce fut une année de souffles en Ouest et, sur nos toits lestés de pierres noires, tout un propos de toiles vives adonnées au délice du large. Les cavaliers au fil des caps, assaillis d'aigles lumineuses et nourrissant à bout de lances les catastrophes pures du beau temps, publiaient sur les mers une ardente chronique:

Certes! une histoire pour les hommes, un chant de force pour les hommes, comme un frémissement du large dans un arbre de fer!... lois données sur d'autres rives, et les alliances par les femmes au sein des peuples dissolus ; de grands pays vendus à la criée sous l'inflation solaire, les hauts plateaux pacifiés et les provinces mises à prix dans l'odeur solennelle des roses...

Ceux-là qui en naissant n'ont point flairé de telle braise, qu'ont-ils à faire parmi nous? et se peut-il qu'ils aient commerce de vivants? « C'est votre affaire et non la mienne de régner sur l'absence... » Pour nous qui étions là, nous produisîmes aux frontières des accidents extraordinaires, et nous portant dans nos actions à la limite de nos forces, notre joie parmi vous fut une très grande joie :

« Je connais cette race établie sur les pentes : cavaliers démontés dans les cultures vivrières. Allez et dites à ceux-là : un immense péril à courir avec nous! des actions sans nombre et sans mesure, des volontés puissantes et dissipatrices et le pouvoir de l'homme consommé comme la grappe dans la vigne... Allez et dites bien : nos habitudes de violence, nos chevaux sobres et rapides sur les semences de révolte et nos casques flairés par la fureur du jour... Aux pays épuisés où les coutumes sont à reprendre, tant de familles à composer comme des encagées d'oiseaux

*siffleurs, vous nous verrez, dans nos façons d'agir,
assembleurs de nations sous de vastes hangars, lecteurs de bulles à voix haute, et vingt peuples sous
nos lois parlant toutes les langues...*

« Et déjà vous savez l'histoire de leur goût :
*les capitaines pauvres dans les voies immortelles,
les notables en foule venus pour nous saluer, toute
la population virile de l'année avec ses dieux sur
des bâtons, et les princes déchus dans les sables du
Nord, leurs filles tributaires nous prodiguant les
assurances de leur foi, et le Maître qui dit : j'ai foi
dans ma fortune...*

« Ou bien vous leur contez les choses de la
paix : *aux pays infestés de bien-être une odeur de
forum et de femmes nubiles, les monnaies jaunes,
timbre pur, maniées sous les palmes, et les peuples
en marche sur de fortes épices — dotations militaires,
grands trafics d'influence à la barbe des fleuves,
l'hommage d'un puissant voisin assis à l'ombre
de ses filles et les messages échangés sur des lamelles
d'or, les traités d'amitié et de délimitation, les conven-
tions de peuple à peuple pour des barrages de rivières,
et les tributs levés dans les pays enthousiasmés!
(constructions de citernes, de granges, de bâtiments
pour la cavalerie — les carrelages d'un bleu vif et
les chemins de brique rose — les déploiements d'étoffes
à loisir, les confitures de roses à miel et le poulain*

qui nous est né dans les bagages de l'armée — les déploiements d'étoffes à loisir et, dans les glaces de nos songes, la mer qui rouille les épées, et la descente, un soir, dans les provinces maritimes, vers nos pays de grand loisir et vers nos filles

parfumées, qui nous apaiseront d'un souffle, ces tissus...) »

— Ainsi parfois nos seuils pressés d'un singulier destin et, sur les pas précipités du jour, de ce côté du monde, le plus vaste, où le pouvoir s'exile chaque soir, tout un veuvage de lauriers !

Mais au soir, une odeur de violettes et d'argile, aux mains des filles de nos femmes, nous visitait dans nos projets d'établissement et de fortune

et les vents calmes hébergeaient au fond des golfes désertiques.

VII

Nous n'habiterons pas toujours ces terres
jaunes, notre délice...

L'Été plus vaste que l'Empire suspend aux
tables de l'espace plusieurs étages de climats. La
terre vaste sur son aire roule à pleins bords sa braise
pâle sous les cendres. — Couleur de soufre, de miel,
couleur de choses immortelles, toute la terre aux
herbes s'allumant aux pailles de l'autre hiver — et
de l'éponge verte d'un seul arbre le ciel tire son suc
violet.

Un lieu de pierres à mica! Pas une graine
pure dans les barbes du vent. Et la lumière comme
une huile. — De la fissure des paupières au fil des
cimes m'unissant, je sais la pierre tachée d'ouïes,
les essaims du silence aux ruches de lumière; et
mon cœur prend souci d'une famille d'acridiens...

Chamelles douces sous la tonte, cousues de mauves cicatrices, que les collines s'acheminent sous les données du ciel agraire — qu'elles cheminent en silence sur les incandescences pâles de la plaine; et s'agenouillent à la fin, dans la fumée des songes, là où les peuples s'abolissent aux poudres mortes de la terre.

Ce sont de grandes lignes calmes qui s'en vont à des bleuissements de vignes improbables. La terre en plus d'un point mûrit les violettes de l'orage; et ces fumées de sable qui s'élèvent au lieu des fleuves morts, comme des pans de siècles en voyage...

A voix plus basse pour les morts, à voix plus basse dans le jour. Tant de douceur au cœur de l'homme, se peut-il qu'elle faille à trouver sa mesure?... « Je vous parle, mon âme! — mon âme tout enténébrée d'un parfum de cheval! » Et quelques grands oiseaux de terre, naviguant en Ouest, sont de bons mimes de nos oiseaux de mer.

A l'orient du ciel si pâle, comme un lieu saint scellé des linges de l'aveugle, des nuées calmes se disposent, où tournent les cancers du camphre et de la corne... Fumées qu'un souffle nous dispute! la terre tout attente en ses barbes d'insectes, la terre enfante des merveilles!...

Et à midi, quand l'arbre jujubier fait éclater l'assise des tombeaux, l'homme clôt ses paupières et rafraîchit sa nuque dans les âges... Cavaleries du songe au lieu des poudres mortes, ô routes vaines qu'échevèle un souffle jusqu'à nous! où trouver, où trouver les guerriers qui garderont les fleuves dans leurs noces?

Au bruit des grandes eaux en marche sur la terre, tout le sel de la terre tressaille dans les songes. Et soudain, ah! soudain que nous veulent ces voix? Levez un peuple de miroirs sur l'ossuaire des fleuves, qu'ils interjettent appel dans la suite des siècles! Levez des pierres à ma gloire, levez des pierres au silence, et à la garde de ces lieux les cavaleries de bronze vert sur de vastes chaussées!...

(L'ombre d'un grand oiseau me passe sur la face.)

*Lois sur la vente des juments. Lois errantes.
Et nous-mêmes. (Couleur d'hommes.)*

*Nos compagnons ces hautes trombes en voyage,
clepsydres en marche sur la terre,*

*et les averses solennelles, d'une substance mer-
veilleuse, tissées de poudres et d'insectes, qui poursuivaient nos peuples dans les sables comme l'impôt
de capitation.*

*(A la mesure de nos cœurs fut tant d'absence
consommée!)*

*

*Non que l'étape fût stérile : au pas des bêtes
sans alliances (nos chevaux purs aux yeux d'aînés),
beaucoup de choses entreprises sur les ténèbres de
l'esprit — beaucoup de choses à loisir sur les fron-*

*tières de l'esprit — grandes histoires séleucides au
sifflement des frondes et la terre livrées aux explica-
tions...*

*Autre chose : ces ombres — les prévarications
du ciel contre la terre...*

*Cavaliers au travers de telles familles
humaines, où les haines parfois chantaient comme des
mésanges, lèverons-nous le fouet sur les mots hongres
du bonheur? — Homme, pèse ton poids calculé en
froment. Un pays-ci n'est point le mien. Que m'a
donné le monde que ce mouvement d'herbes?...*

*

*Jusqu'au lieu dit de l'Arbre Sec :
et l'éclair famélique m'assigne ces provinces
en Ouest.*

*Mais au-delà sont les plus grands loisirs, et
dans un grand
pays d'herbages sans mémoire, l'année sans
liens et sans anniversaires, assaisonnée d'aurores
et de feux. (Sacrifice au matin d'un cœur de mouton
noir.)*

*

*Chemins du monde, l'un vous suit. Autorité
sur tous les signes de la terre.*

*Ô Voyageur dans le vent jaune, goût de
l'âme!... et la graine, dis-tu, du cocculus indien
possède, qu'on la broie! des vertus enivrantes.*

*

*Un grand principe de violence commandait à
nos mœurs.*

IX

Depuis un si long temps que nous allions en
Ouest, que savions-nous des choses
     périssables?... Et soudain à nos pieds les
premières fumées.

— Jeunes femmes! et la nature d'un pays
s'en trouve toute parfumée :

*

« ...Je t'annonce les temps d'une grande
chaleur et les veuves criardes sur la dissipation des
morts.
    Ceux qui vieillissent dans l'usage et le soin du
silence, assis sur les hauteurs, considèrent les sables
    et la célébrité du jour sur les rades foraines;
    mais le plaisir au flanc des femmes se compose,

et dans nos corps de femmes il y a comme un ferment de raisin noir, et de répit avec nous-mêmes il n'en est point.

« ... Je t'annonce les temps d'une grande faveur et la félicité des feuilles dans nos songes.

Ceux qui savent les sources sont avec nous dans cet exil; ceux qui savent les sources nous diront-ils au soir

sous quelles mains pressant la vigne de nos flancs

nos corps s'emplissent d'une salive? (Et la femme s'est couchée avec l'homme dans l'herbe; elle se lève, met ordre aux lignes de son corps, et le criquet s'envole sur son aile bleue.)

« ... Je t'annonce les temps d'une grande chaleur, et pareillement la nuit, sous l'aboiement des chiens, trait son plaisir au flanc des femmes.

Mais l'Étranger vit sous sa tente, honoré de laitages, de fruits. On lui apporte de l'eau fraîche

pour y laver sa bouche, son visage et son sexe.

On lui mène à la nuit de grandes femmes bréhaignes (ha! plus nocturnes dans le jour!). Et peut-être aussi de moi tirera-t-il son plaisir. (Je ne sais quelles sont ses façons d'être avec les femmes.)

« ... Je t'annonce les temps d'une grande faveur et la félicité des sources dans nos songes.

Ouvre ma bouche dans la lumière, ainsi qu'un lieu de miel entre les roches, et si l'on trouve faute en moi, que je sois congédiée ! sinon,

que j'aille sous la tente, que j'aille nue, près de la cruche, sous la tente,

et compagnon de l'angle du tombeau, tu me verras longtemps muette sous l'arbre-fille de mes veines... Un lit d'instances sous la tente, l'étoile verte dans la cruche, et que je sois sous ta puissance ! nulle servante sous la tente que la cruche d'eau fraîche ! (Je sais sortir avant le jour sans éveiller l'étoile verte, le criquet sur le seuil et l'aboiement des chiens de toute la terre.)

Je t'annonce les temps d'une grande faveur et la félicité du soir sur nos paupières périssables...

mais pour l'instant encore c'est le jour ! »

❋

— et debout sur la tranche éclatante du jour, au seuil d'un grand pays plus chaste que la mort,

les filles urinaient en écartant la toile peinte de leur robe.

136

X

Fais choix d'un grand chapeau dont on séduit
le bord. L'œil recule d'un siècle aux provinces de
l'âme. Par la porte de craie vive on voit les choses
de la plaine : choses vivantes, ô choses
    excellentes !

    des sacrifices de poulains sur les tombes
d'enfants, des purifications de veuves dans les roses
et des rassemblements d'oiseaux verts dans les cours
en l'honneur des vieillards ;
    beaucoup de choses sur la terre à entendre et
à voir, choses vivantes parmi nous !
    des célébrations de fêtes en plein air pour les
anniversaires de grands arbres et des cérémonies
publiques en l'honneur d'une mare ; des dédicaces
de pierres noires, parfaitement rondes, des inventions
de sources en lieux morts, des consécrations d'étoffes,
à bout de perches, aux approches des cols, et des

acclamations violentes, sous les murs, pour des muti-
lations d'adultes au soleil, pour des publications de
linges d'épousailles!

    bien d'autres choses encore a hauteur de nos
tempes : les pansements de bête aux faubourgs, les
mouvements de foules au-devant des tondeurs, des
puisatiers et des hongreurs; les spéculations au
souffle des moissons et la ventilation d'herbages, a
bout de fourches, sur les toits; les constructions
d'enceintes de terre cuite et rose, de sécheries de viande
en terrasses, de galeries pour les prêtres, de capitai-
neries; les cours immenses du vétérinaire; les corvées
d'entretien de routes muletières, de chemins en lacets
dans les gorges; les fondations d'hospices en lieux
vagues; les écritures à l'arrivée des caravanes et les
licenciements d'escortes aux quartiers de changeurs;
les popularités naissantes sous l'auvent, devant les
cuves à friture; les protestations de titres de créance;
les destructions de bêtes albinos, de vers blancs sous
la terre, les feux de ronces et d'épines aux lieux
souillés de mort, la fabrication d'un beau pain
d'orge et de sésame; ou bien d'épeautre; et la fumée
des hommes en tous lieux...

    ha! toutes sortes d'hommes dans leurs voies et
façons : mangeurs d'insectes, de fruits d'eau; por-
teurs d'emplâtres, de richesses! l'agriculteur et l'ada-
lingue, l'acuponcteur et le saunier; le péager, le

forgeron ; marchands de sucre, de cannelle, de coupes
à boire en métal blanc et de lampes de corne ; celui
qui taille un vêtement de cuir, des sandales dans le
bois et des boutons en forme d'olives ; celui qui donne
à la terre ses façons ; et l'homme de nul métier :
homme au faucon, homme à la flûte, homme aux
abeilles ; celui qui tire son plaisir du timbre de sa
voix, celui qui trouve son emploi dans la contempla-
tion d'une pierre verte ; qui fait brûler pour son
plaisir un feu d'écorces sur son toit ; qui se fait sur
la terre un lit de feuilles odorantes, qui s'y couche et
repose ; qui pense à des dessins de céramiques vertes
pour des bassins d'eaux vives ; et celui qui a fait des
voyages et songe à repartir ; qui a vécu dans un pays
de grandes pluies ; qui joue aux dés, aux osselets,
au jeu des gobelets ; ou qui a déployé sur le sol ses
tables à calcul ; celui qui a des vues sur l'emploi
d'une calebasse ; celui qui traîne un aigle mort
comme un faix de branchages sur ses pas (et la
plume est donnée, non vendue, pour l'empennage des
flèches), celui qui récolte le pollen dans un vaisseau
de bois (et mon plaisir, dit-il, est dans cette couleur
jaune) ; celui qui mange des beignets, des vers de
palmes, des framboises ; celui qui aime le goût de
l'estragon ; celui qui rêve d'un poivron ; ou bien
encore celui qui mâche d'une gomme fossile, qui porte
une conque à son oreille, et celui qui épie le parfum

de génie aux cassures fraîches de la pierre ; celui
qui pense au corps de femme, homme libidineux ;
celui qui voit son âme au reflet d'une lame ; l'homme
versé dans les sciences, dans l'onomastique ; l'homme
en faveur dans les conseils, celui qui nomme les fontaines, qui fait un don de sièges sous les arbres, de
laines teintes pour les sages ; et fait sceller aux carre-
fours de très grands bols de bronze pour la soif ;
bien mieux, celui qui ne fait rien, tel homme et tel
dans ses façons, et tant d'autres encore ! les ramas-
seurs de cailles dans les plis de terrains, ceux qui
récoltent dans les broussailles les œufs tiquetés de
vert, ceux qui descendent de cheval pour ramasser
des choses, des agates, une pierre bleu pâle que l'on
taille à l'entrée des faubourgs (en manière d'étuis,
de tabatières et d'agrafes, ou de boules à rouler aux
mains des paralytiques) ; ceux qui peignent en
sifflant des coffrets en plein air, l'homme au bâton
d'ivoire, l'homme à la chaise de rotin, l'ermite orné
de mains de fille et le guerrier licencié qui a planté
sa lance sur son seuil pour attacher un singe... ha !
toutes sortes d'hommes dans leurs voies et façons,
et soudain ! apparu dans ses vêtements du soir et
tranchant à la ronde toutes questions de préséance,
le Conteur qui prend place au pied du térébinthe...

Ô généalogiste sur la place ! combien d'histoires de familles et de filiations? — et que le mort saisisse le vif, comme il est dit aux tables du légiste, si je n'ai vu toute chose dans son ombre et le mérite de son âge : les entrepôts de livres et d'annales, les magasins de l'astronome et la beauté d'un lieu de sépultures, de très vieux temples sous les palmes, habités d'une mule et de trois poules blanches — et par-delà le cirque de mon œil, beaucoup d'actions secrètes en chemin : les campements levés sur des nouvelles qui m'échappent, les effronteries de peuples aux collines et les passages de rivières sur des outres ; les cavaliers porteurs de lettres d'alliance, l'embuscade dans les vignes, les entreprises de pillards au fond des gorges et les manœuvres à travers champs pour le rapt d'une femme, les marchandages et les complots, l'accouplement des bêtes en forêt sous les yeux des enfants, et des convalescences de prophètes au fond des bouveries, les conversations muettes de deux hommes sous un arbre...

mais par-dessus les actions des hommes sur la terre, beaucoup de signes en voyage, beaucoup de graines en voyage, et sous l'azyme du beau temps, dans un grand souffle de la terre, toute la plume des moissons !...

jusqu'à l'heure du soir où l'étoile femelle, chose pure et gagée dans les hauteurs du ciel...

Terre arable du songe! Qui parle de bâtir?
— J'ai vu la terre distribuée en de vastes espaces
et ma pensée n'est point distraite du navigateur.

CHANSON

Mon cheval arrêté sous l'arbre plein de tour-
terelles, je siffle un sifflement si pur, qu'il n'est pro-
messes à leurs rives que tiennent tous ces fleuves.
(Feuilles vivantes au matin sont à l'image de la
gloire)...

*

Et ce n'est point qu'un homme ne soit triste,
mais se levant avant le jour et se tenant avec prudence
dans le commerce d'un vieil arbre, appuyé du menton
à la dernière étoile, il voit au fond du ciel à jeun de
grandes choses pures qui tournent au plaisir...

*

Mon cheval arrêté sous l'arbre qui roucoule, je siffle un sifflement plus pur... Et paix à ceux, s'ils vont mourir, qui n'ont point vu ce jour. Mais de mon frère le poète on a eu des nouvelles. Il a écrit encore une chose très douce. Et quelques-uns en eurent connaissance...

EXIL

EXIL

A Archibald MacLeish

I

Portes ouvertes sur les sables, portes ouvertes
sur l'exil,

Les clés aux gens du phare, et l'astre roué vif
sur la pierre du seuil :

Mon hôte, laissez-moi votre maison de verre
dans les sables...

L'Été de gypse aiguise ses fers de lance dans
nos plaies,

J'élis un lieu flagrant et nul comme l'ossuaire
des saisons,

Et, sur toutes grèves de ce monde, l'esprit du
dieu fumant déserte sa couche d'amiante.

Les spasmes de l'éclair sont pour le ravissement
des Princes en Tauride.

II

A nulles rives dédiée, à nulles pages confiée
la pure amorce de ce chant...

D'autres saisissent dans les temples la corne
peinte des autels :

Ma gloire est sur les sables! ma gloire est sur
les sables!... Et ce n'est point errer, ô Pérégrin,

Que de convoiter l'aire la plus nue pour assem-
bler aux syrtes de l'exil un grand poème né de rien,
un grand poème fait de rien...

Sifflez, ô frondes par le monde, chantez, ô
conques sur les eaux!

J'ai fondé sur l'abîme et l'embrun et la fumée
des sables. Je me coucherai dans les citernes et dans
les vaisseaux creux,

En tous lieux vains et fades où gît le goût de
la grandeur.

« ... Moins de souffles flattaient la famille des

Jules; moins d'alliances assistaient les grandes castes de prêtrise.

Où vont les sables à leur chant s'en vont les Princes de l'exil,

Où furent les voiles haut tendues s'en va l'épave plus soyeuse qu'un songe de luthier,

Où furent les grandes actions de guerre déjà blanchit la mâchoire d'âne,

Et la mer à la ronde roule son bruit de crânes sur les grèves,

Et que toutes choses au monde lui soient vaines, c'est ce qu'un soir, au bord du monde, nous contèrent

Les milices du vent dans les sables d'exil... »

Sagesse de l'écume, ô pestilences de l'esprit dans la crépitation du sel et le lait de chaux vive !

Une science m'échoit aux sévices de l'âme... Le vent nous conte ses flibustes, le vent nous conte ses méprises !

Comme le Cavalier, la corde au poing, à l'entrée du désert,

J'épie au cirque le plus vaste l'élancement des signes les plus fastes.

Et le matin pour nous mène son doigt d'augure parmi de saintes écritures.

L'exil n'est point d'hier ! l'exil n'est point d'hier ! « Ô vestiges, ô prémisses »,

Dit l'Étranger parmi les sables, « toute chose au monde m'est nouvelle !... » Et la naissance de son chant ne lui est pas moins étrangère.

III

« ... *Toujours il y eut cette clameur, toujours il y eut cette splendeur,*

Et comme un haut fait d'armes en marche par le monde, comme un dénombrement de peuples en exode, comme une fondation d'empires par tumulte prétorien, ha! comme un gonflement de lèvres sur la naissance des grands Livres,

Cette grande chose sourde par le monde et qui s'accroît soudain comme une ébriété.

« ... *Toujours il y eut cette clameur, toujours il y eut cette grandeur,*

Cette chose errante par le monde, cette haute transe par le monde, et sur toutes grèves de ce monde, du même souffle proférée, la même vague proférant

Une seule et longue phrase sans césure à jamais inintelligible...

« ... *Toujours il y eut cette clameur, toujours il y eut cette fureur,*

Et ce très haut ressac au comble de l'accès, toujours, au faîte du désir, la même mouette sur son aile, la même mouette sur son aire, à tire-d'aile ralliant les stances de l'exil, et sur toutes grèves de ce monde, du même souffle proférée, la même plainte sans mesure

A la poursuite, sur les sables, de mon âme numide... »

Je vous connais, ô monstre! Nous voici de nouveau face à face. Nous reprenons ce long débat où nous l'avions laissé.

Et vous pouvez pousser vos arguments comme des mufles bas sur l'eau : je ne vous laisserai point de pause ni répit.

Sur trop de grèves visitées furent mes pas lavés avant le jour, sur trop de couches désertées fut mon âme livrée au cancer du silence.

Que voulez-vous encore de moi, ô souffle originel? Et vous, que pensez-vous encore tirer de ma lèvre vivante,

Ô force errante sur mon seuil, ô Mendiante dans nos voies et sur les traces du Prodigue?

Le vent nous conte sa vieillesse, le vent nous conte sa jeunesse... Honore, ô Prince, ton exil!

Et soudain tout m'est force et présence, où fume encore le thème du néant.

« ... *Plus haute, chaque nuit, cette clameur muette sur mon seuil, plus haute, chaque nuit, cette levée de siècles sous l'écaille,*

Et, sur toutes grèves de ce monde, un ïambe plus farouche à nourrir de mon être!....

Tant de hauteur n'épuisera la rive accore de ton seuil, ô Saisisseur de glaives à l'aurore,

Ô Manieur d'aigles par leurs angles, et Nourrisseur des filles les plus aigres sous la plume de fer!

Toute chose à naître s'horripile à l'orient du monde, toute chair naissante exulte aux premiers feux du jour!

Et voici qu'il s'élève une rumeur plus vaste par le monde, comme une insurrection de l'âme...

Tu ne te tairas point, clameur! que je n'aie dépouillé sur les sables toute allégeance humaine. (Qui sait encore le lieu de ma naissance?) »

IV

Étrange fut la nuit où tant de souffles s'éga-
rèrent au carrefour des chambres...

Et qui donc avant l'aube erre aux confins du
monde avec ce cri pour moi? Quelle grande fille
répudiée s'en fut au sifflement de l'aile visiter d'autres
seuils, quelle grande fille malaimée,

A l'heure où les constellations labiles qui
changent de vocable pour les hommes d'exil déclinent
dans les sables à la recherche d'un lieu pur?

Partout-errante fut son nom de courtisane chez
les prêtres, aux grottes vertes des Sibylles, et le matin
sur notre seuil sut effacer les traces de pieds nus,
parmi de saintes écritures...

Servantes, vous serviez, et vaines, vous tendiez
vos toiles fraîches pour l'échéance d'un mot pur.

Sur des plaintes de pluviers s'en fut l'aube
plaintive, s'en fut l'hyade pluvieuse à la recherche
du mot pur,

Et sur les rives très anciennes fut appelé mon nom... L'esprit du dieu fumait parmi les cendres de l'inceste.

Et quand se fut parmi les sables essorée la substance pâle de ce jour,

De beaux fragments d'histoires en dérive, sur des pales d'hélices, dans le ciel plein d'erreurs et d'errantes prémisses, se mirent à virer pour le délice du scoliaste.

Et qui donc était là qui s'en fut sur son aile? Et qui donc, cette nuit, a sur ma lèvre d'étranger pris encore malgré moi l'usage de ce chant?

Renverse, ô scribe, sur la table des grèves, du revers de ton style la cire empreinte du mot vain.

Les eaux du large laveront, les eaux du large sur nos tables, les plus beaux chiffres de l'année.

Et c'est l'heure, ô Mendiante, où sur la face close des grands miroirs de pierre exposés dans les antres

L'officiant chaussé de feutre et ganté de soie grège efface, à grand renfort de manches, l'affleurement des signes illicites de la nuit.

Ainsi va toute chair au cilice du sel, le fruit de cendre de nos veilles, la rose naine de vos sables, et l'épouse nocturne avant l'aurore reconduite...

Ah! toute chose vaine au van de la mémoire, ah! toute chose insane aux fifres de l'exil : le pur nautile des eaux libres, le pur mobile de nos songes,

Et les poèmes de la nuit avant l'aurore répudiés, l'aile fossile prise au piège des grandes vêpres d'ambre jaune...

Ah! qu'on brûle, ah! qu'on brûle, à la pointe des sables, tout ce débris de plume, d'ongle, de chevelures peintes et de toiles impures,

Et les poèmes nés d'hier, ah! les poèmes nés un soir à la fourche de l'éclair, il en est comme de la cendre au lait des femmes, trace infime...

Et de toute chose ailée dont vous n'avez usage, me composant un pur langage sans office,

Voici que j'ai dessein encore d'un grand poème délébile...

« ... *Comme celui qui se dévêt à la vue de la mer, comme celui qui s'est levé pour honorer la première brise de terre (et voici que son front a grandi sous le casque),*

Les mains plus nues qu'à ma naissance et la lèvre plus libre, l'oreille à ces coraux où gît la plainte d'un autre âge,

Me voici restitué à ma rive natale... Il n'est d'histoire que de l'âme, il n'est d'aisance que de l'âme.

Avec l'achaine, l'anophèle, avec les chaumes et les sables, avec les choses les plus frêles, avec les choses les plus vaines, la simple chose, la simple chose que voilà, la simple chose d'être là, dans l'écoulement du jour...

Sur des squelettes d'oiseaux nains s'en va l'enfance de ce jour, en vêtement des îles, et plus légère que l'enfance sur ses os creux de mouette, de guifette, la brise enchante les eaux filles en vêtement d'écailles pour les îles...

Ô *sables, ô résines! l'élytre pourpre du destin dans une grande fixité de l'œil! et sur l'arène sans violence, l'exil et ses clés pures, la journée traversée d'un os vert comme un poisson des îles...*

Midi chante, ô tristesse!... et la merveille est annoncée par ce cri : ô merveille! et ce n'est pas assez d'en rire sous les larmes...

Mais qu'est-ce là, oh! qu'est-ce, en toute chose, qui soudain fait défaut?... »

Je sais. J'ai vu. Nul n'en convienne! — Et déjà la journée s'épaissit comme un lait.

L'ennui cherche son ombre aux royaumes d'Arsace; et la tristesse errante mène son goût d'euphorbe par le monde, l'espace où vivent les rapaces tombe en d'étranges déshérences...

Plaise au sage d'épier la naissance des schismes!... Le ciel est un Sahel où va l'azalaïe en quête de sel gemme.

Plus d'un siècle se voile aux défaillances de l'histoire.

Et le soleil enfouit ses beaux sesterces dans les sables, à la montée des ombres où mûrissent les sentences d'orage.

Ô *présides sous l'eau verte! qu'une herbe*

illustre sous les mers nous parle encore de l'exil...
et le Poète prend ombrage

  de ces grandes feuilles de calcaire, à fleur
d'abîme, sur des socles : dentelle au masque de la
mort...

« ... *Celui qui erre, à la mi-nuit, sur les galeries de pierre pour estimer les titres d'une belle
comète; celui qui veille, entre deux guerres, à la pureté
des grandes lentilles de cristal; celui qui s'est levé
avant le jour pour curer les fontaines, et c'est la fin
des grandes épidémies; celui qui laque en haute mer
avec ses filles et ses brus, et c'en était assez des cendres
de la terre...*

*Celui qui flatte la démence aux grands hospices
de craie bleue, et c'est Dimanche sur les seigles, à
l'heure de grande cécité; celui qui monte aux orgues
solitaires, à l'entrée des armées; celui qui rêve un
jour d'étranges latomies, et c'est un peu après midi,
à l'heure de grande viduité; celui qu'éveille en mer,
sous le vent d'une île basse, le parfum de sécheresse
d'une petite immortelle des sables; celui qui veille,
dans les ports, aux bras des femmes d'autre race,
et c'est un goût de vétiver dans le parfum d'aisselle*

de la nuit basse, et c'est un peu après minuit, à
l'heure de grande opacité; celui, dans le sommeil,
dont le souffle est relié au souffle de la mer, et au
renversement de la marée voici qu'il se retourne sur
sa couche comme un vaisseau change d'amures...

 Celui qui peint l'amer au front des plus hauts
caps, celui qui marque d'une croix blanche la face
des récifs; celui qui lave d'un lait pauvre les grandes
casemates d'ombre au pied des sémaphores, et c'est
un lieu de cinéraires et de gravats pour la délectation
du sage; celui qui prend logement, pour la saison
des pluies, avec les gens de pilotage et de bornage —
chez le gardien d'un temple mort à bout de péninsule
(et c'est sur un éperon de pierre gris-bleu, ou sur
la haute table de grès rouge); celui qu'enchaîne,
sur les cartes, la course close des cyclones; pour qui
s'éclairent, aux nuits d'hiver, les grandes pistes
sidérales; ou qui démêle en songe bien d'autres lois
de transhumance et de dérivation; celui qui quête,
à bout de sonde, l'argile rouge des grands fonds pour
modeler la face de son rêve; celui qui s'offre, dans
les ports, à compenser les boussoles pour la marine
de plaisance...

 Celui qui marche sur la terre à la rencontre des
grands lieux d'herbe; qui donne, sur sa route, consul-
tation pour le traitement d'un très vieil arbre; celui
qui monte aux tours de fer, après l'orage, pour éventer

*ce goût de crêpe sombre des feux de ronces en forêt ;
celui qui veille, en lieux stériles, au sort des grandes
lignes télégraphiques ; qui sait le gîte et la culée
d'atterrissage des maîtres câbles sous-marins ; qui
soigne sous la ville, en lieu d'ossuaires et d'égouts
(et c'est à même l'écorce démasclée de la terre), les
instruments lecteurs de purs séismes...*

*Celui qui a la charge, en temps d'invasion,
du régime des eaux, et fait visite aux grands bassins
filtrants lassés des noces d'éphémères ; celui qui garde
de l'émeute, derrière les ferronneries d'or vert, les
grandes serres fétides du Jardin Botanique ; les
grands Offices des Monnaies, des Longitudes et des
Tabacs ; et le Dépôt des Phares, où gisent les fables,
les lanternes ; celui qui fait sa ronde, en temps de
siège, aux grands halls où s'émiettent, sous verre,
les panoplies de phasmes, de vanesses ; et porte sa
lampe aux belles auges de lapis, où, friable, la prin-
cesse d'os épinglée d'or descend le cours des siècles
sous sa chevelure de sisal ; celui qui sauve des armées
un hybride très rare de rosier-ronce hymalayen ; celui
qui entretient de ses deniers, aux grandes banque-
routes de l'État, le luxe trouble des haras, des grands
haras de brique fauve sous les feuilles, comme des
roseraies de roses rouges sous les roucoulements
d'orage, comme de beaux gynécées pleins de princes
sauvages, de ténèbres, d'encens et de substance mâle...*

Celui qui règle, en temps de crise, le gardien-
nage des hauts paquebots mis sous scellés, à la boucle
d'un fleuve couleur d'iode, de purin (et sous le limbe
des verrières, aux grands salons bâchés d'oubli,
c'est une lumière d'agave pour les siècles et à jamais
vigile en mer); celui qui vaque, avec les gens de
peu, sur les chantiers et sur les cales désertées par
la foule, après le lancement d'une grande coque de
trois ans; celui qui a pour profession d'agréer les
navires; et celui-là qui trouve un jour le parfum de
son âme dans le vaigrage d'un voilier neuf; celui
qui prend la garde d'équinoxe sur le rempart des
docks, sur le haut peigne sonore des grands barrages
de montagne, et sur les grandes écluses océanes;
celui, soudain, pour qui s'exhale toute l'haleine
incurable de ce monde dans le relent des grands silos
et entrepôts de denrées coloniales, là où l'épice et le
grain vert s'enflent aux lunes d'hivernage comme la
création sur son lit fade; celui qui prononce la clôture
des grands congrès d'orographie, de climatologie,
et c'est le temps de visiter l'Arboretum et l'Aquarium
et le quartier des filles, les tailleries de pierres fines
et le parvis des grands convulsionnaires...

Celui qui ouvre un compte en banque pour les
recherches de l'esprit; celui qui entre au cirque de
son œuvre nouvelle dans une très grande animation
de l'être, et, de trois jours, nul n'a regard sur son

silence que sa mère, nul n'a l'accès de sa chambre
que la plus vieille des servantes ; celui qui mène aux
sources sa monture sans y boire lui-même ; celui
qui rêve, aux selleries, d'un parfum plus ardent
que celui de la cire ; celui, comme Baber, qui vêt la
robe du poète entre deux grandes actions viriles pour
révérer la face d'une belle terrasse ; celui qui tombe
en distraction pendant la dédicace d'une nef, et au
tympan sont telles cruches, comme des ouïes, murées
pour l'acoustique ; celui qui tient en héritage, sur
terre de main-morte, la dernière héronnière, avec de
beaux ouvrages de vénerie, de fauconnerie ; celui
qui tient commerce, en ville, de très grands livres :
almagestes, portulans et bestiaires ; qui prend souci
des accidents de phonétique, de l'altération des signes
et des grandes érosions du langage ; qui participe
aux grands débats de sémantique ; qui fait autorité
dans les mathématiques usuelles et se complaît à la
supputation des temps pour le calendrier des fêtes
mobiles (le nombre d'or, l'indiction romaine, l'épacte
et les grandes lettres dominicales) ; celui qui donne
la hiérarchie aux grands offices du langage ; celui
à qui l'on montre, en très haut lieu, de grandes
pierres lustrées par l'insistance de la flamme...

Ceux-là sont princes de l'exil et n'ont que faire
de mon chant. »

Étranger, sur toutes grèves de ce monde, sans audience ni témoin, porte à l'oreille du Ponant une conque sans mémoire :

Hôte précaire à la lisière de nos villes, tu ne franchiras point le seuil des Lloyds, où ta parole n'a point cours et ton or est sans titre...

« J'habiterai mon nom », fut ta réponse aux questionnaires du port. Et sur les tables du changeur, tu n'as rien que de trouble à produire,

Comme ces grandes monnaies de fer exhumées par la foudre.

« ... *Syntaxe de l'éclair ! ô pur langage de l'exil !*
Lointaine est l'autre rive où le message s'illumine :
Deux fronts de femmes sous la cendre, du même
pouce visités ; deux ailes de femmes aux persiennes,
du même souffle suscitées...

Dormiez-vous cette nuit, sous le grand arbre
de phosphore, ô cœur d'orante par le monde, ô mère
du Proscrit, quand dans les glaces de la chambre
fut imprimée sa face ?

Et toi plus prompte sous l'éclair, ô toi plus
prompte à tressaillir sur l'autre rive de son âme,
compagne de sa force et faiblesse de sa force, toi dont
le souffle au sien fut à jamais mêlé,

T'assiéras-tu encore sur sa couche déserte, dans
le hérissement de ton âme de femme ?

L'exil n'est point d'hier ! l'exil n'est point
d'hier !... Exècre, ô femme, sous ton toit un chant
d'oiseau de Barbarie...

Tu n'écouteras point l'orage au loin multiplier la course de nos pas sans que ton cri de femme, dans la nuit, n'assaille encore sur son aire l'aigle équivoque du bonheur ! »

... Tais-toi, faiblesse, et toi, parfum d'épouse dans la nuit comme l'amande même de la nuit.

Partout errante sur les grèves, partout errante sur les mers, tais-toi, douceur, et toi présence gréée d'ailes à hauteur de ma selle.

Je reprendrai ma course de Numide, longeant la mer inaliénable... Nulle verveine aux lèvres, mais sur la langue encore, comme un sel, ce ferment du vieux monde.

Le nitre et le natron sont thèmes de l'exil. Nos pensers courent à l'action sur des pistes osseuses. L'éclair m'ouvre le lit de plus vastes desseins. L'orage en vain déplace les bornes de l'absence.

Ceux-là qui furent se croiser aux grandes Indes atlantiques, ceux-là qui flairent l'idée neuve aux fraîcheurs de l'abîme, ceux-là qui soufflent dans les cornes aux portes du futur

Savent qu'aux sables de l'exil sifflent les hautes passions lovées sous le fouet de l'éclair... Ô Prodigue sous le sel et l'écume de Juin ! garde vivante parmi nous la force occulte de ton chant !

Comme celui qui dit à l'émissaire, et c'est là

son message   « *Voilez la face de nos femmes ; levez la face de nos fils ; et la consigne est de laver la pierre de vos seuils... Je vous dirai tout bas le nom des sources où, demain, nous baignerons un pur courroux.* »

*

Et c'est l'heure, ô Poète, de décliner ton nom, ta naissance, et ta race...

PLUIES

A Katherine et Francis Biddle

Le banyan de la pluie prend ses assises sur la Ville,

Un polypier hâtif monte à ses noces de corail dans tout ce lait d'eau vive,

Et l'Idée nue comme un rétiaire peigne aux jardins du peuple sa crinière de fille.

Chante, poème, à la criée des eaux l'imminence du thème,

Chante, poème, à la foulée des eaux l'évasion du thème :

Une haute licence aux flancs des Vierges prophétiques,

Une éclosion d'ovules d'or dans la nuit fauve des vasières

Et mon lit fait, ô fraude ! à la lisière d'un tel songe,

Là où s'avive et croît et se prend à tourner la rose obscène du poème.

174

Seigneur terrible de mon rire, voici la terre fumante au goût de venaison,

L'argile veuve sous l'eau vierge, la terre lavée du pas des hommes insomnieux,

Et, flairée de plus près comme un vin, n'est-il pas vrai qu'elle provoque la perte de mémoire?

Seigneur, Seigneur terrible de mon rire! voici l'envers du songe sur la terre,

Comme la réponse des hautes dunes à l'étagement des mers, voici, voici

La terre à fin d'usage, l'heure nouvelle dans ses langes, et mon cœur visité d'une étrange voyelle.

II

Nourrices très suspectes, Suivantes aux yeux voilés d'aînesse, ô Pluies par qui

L'homme insolite tient sa caste, que dirons-nous ce soir à qui prendra hauteur de notre veille?

Sur quelle couche nouvelle, à quelle tête rétive ravirons-nous encore l'étincelle qui vaille?

Muette l'Ande sur mon toit, j'ai une acclamation très forte en moi, et c'est pour vous, ô Pluies!

Je porterai ma cause devant vous : à la pointe de vos lances le plus clair de mon bien!

L'écume aux lèvres du poème comme un lait de coraux!

Et celle qui danse comme un psylle à l'entrée de mes phrases,

L'Idée, plus nue qu'un glaive au jeu des factions,

M'enseignera le rite et la mesure contre l'impatience du poème.

Seigneur terrible de mon rire, gardez-moi de l'aveu, de l'accueil et du chant.

Seigneur terrible de mon rire, qu'il est d'offense aux lèvres de l'averse!

Qu'il est de fraudes consumées sous nos plus hautes migrations!

Dans la nuit claire de midi, nous avançons plus d'une proposition

Nouvelle, sur l'essence de l'être... O fumées que voilà sur la pierre de l'âtre!

Et la pluie tiède sur nos toits fit aussi bien d'éteindre les lampes dans nos mains.

Sœurs des guerriers d'Assur furent les hautes Pluies en marche sur la terre :

Casquées de plume et haut-troussées, éperonnées d'argent et de cristal,

Comme Didon foulant l'ivoire aux portes de Carthage,

Comme l'épouse de Cortez, ivre d'argile et peinte, entre ses hautes plantes apocryphes...

Elles avivaient de nuit l'azur aux crosses de nos armes,

Elles peupleront l'Avril au fond des glaces de nos chambres !

Et je n'ai garde d'oublier leur piétinement au seuil des chambres d'ablution :

Guerrières, ô guerrières par la lance et le trait jusqu'à nous aiguisées !

Danseuses, ô danseuses par la danse et l'attrait au sol multipliées !

Ce sont des armes à brassées, ce sont des filles par charretées, une distribution d'aigles aux légions,

Un soulèvement de piques aux faubourgs pour les plus jeunes peuples de la terre — faisceaux rompus de vierges dissolues,

Ô grandes gerbes non liées! l'ample et vive moisson aux bras des hommes renversée!

... Et la Ville est de verre sur son socle d'ébène, la science aux bouches des fontaines,

Et l'étranger lit sur nos murs les grandes affiches annonaires,

Et la fraîcheur est dans nos murs, où l'Indienne ce soir logera chez l'habitant.

IV

Relations faites à l'Édile ; confessions faites
à nos portes... Tue-moi, bonheur !

Une langue nouvelle de toutes parts offerte !
une fraîcheur d'haleine par le monde

Comme le souffle même de l'esprit, comme la
chose même proférée,

A même l'être, son essence ; à même la source,
sa naissance :

Ha ! toute l'affusion du dieu salubre sur nos
faces, et telle brise en fleur

Au fil de l'herbe bleuissante, qui devance le
pas des plus lointaines dissidences !

... Nourrices très suspectes, ô Semeuses de
spores, de semences et d'espèces légères,

De quelles hauteurs déchues trahissez-vous pour
nous les voies,

Comme au bas des orages les plus beaux êtres
lapidés sur la croix de leurs ailes ?

Que hantiez-vous si loin, qu'il faille encore qu'on en rêve à en perdre le vivre?

Et de quelle autre condition nous parlez-vous si bas qu'on en perde mémoire?

Pour trafiquer de choses saintes parmi nous, désertiez-vous vos couches, ô Simoniaques?

Au frais commerce de l'embrun, là où le ciel mûrit son goût d'arum et de névé,

Vous fréquentiez l'éclair salace, et dans l'aubier des grandes aubes lacérées,

Au pur vélin rayé d'une amorce divine, vous nous direz, ô Pluies! quelle langue nouvelle sollicitait pour vous la grande onciale de feu vert.

V

Que votre approche fût pleine de grandeur, nous le savions, hommes des villes, sur nos maigres scories,

Mais nous avions rêvé de plus hautaines confidences au premier souffle de l'averse,

Et vous nous restituez, ô Pluies ! à notre instance humaine, avec ce goût d'argile sous nos masques.

En de plus hauts parages chercherons-nous mémoire?... ou s'il nous faut chanter l'oubli aux bibles d'or des basses feuillaisons?...

Nos fièvres peintes aux tulipiers du songe, la taie sur l'œil des pièces d'eau et la pierre roulée sur la bouche des puits, voilà-t-il pas beaux thèmes à reprendre,

Comme roses anciennes aux mains de l'invalide de guerre?... La ruche encore est au verger, l'enfance aux fourches du vieil arbre, et l'échelle interdite aux beaux veuvages de l'éclair...

Douceur d'agave, d'aloès... fade saison de l'homme sans méprise! C'est la terre lassée des brûlures de l'esprit.

Les pluies vertes se peignent aux glaces des banquiers. Aux linges tièdes des pleureuses s'effacera la face des dieux-filles.

Et des idées nouvelles viennent en compte aux bâtisseurs d'Empires sur leur table. Tout un peuple muet se lève dans mes phrases, aux grandes marges du poème.

Dressez, dressez, à bout de caps, les catafalques du Habsbourg, les hauts bûchers de l'homme de guerre, les hauts ruchers de l'imposture.

Vannez, vannez, à bout de caps, les grands ossuaires de l'autre guerre, les grands ossuaires de l'homme blanc sur qui l'enfance fut fondée.

Et qu'on évente sur sa chaise, sur sa chaise de fer, l'homme en proie aux visions dont s'irritent les peuples.

Nous n'en finirons pas de voir traîner sur l'étendue des mers la fumée des hauts faits où charbonne l'histoire,

Cependant qu'aux Chartreuses et aux Maladreries, un parfum de termites et de framboises blanches fait lever sur leurs claies les Princes grabataires :

« *J'avais, j'avais ce goût de vivre chez les hommes, et voici que la terre exhale son âme d'étrangère...* »

VI

Un homme atteint de telle solitude, qu'il aille
et qu'il suspende aux sanctuaires le masque et le
bâton de commandement !

Moi je portais l'éponge et le fiel aux blessures
d'un vieil arbre chargé des chaînes de la terre.

« J'avais, j'avais ce goût de vivre loin des
hommes, et voici que les Pluies... »

Transfuges sans message, ô Mimes sans
visage, vous meniez aux confins de si belles semailles !

Pour quels beaux feux d'herbages chez les
hommes détournez-vous un soir vos pas, pour quelles
histoires dénouées

Au feu des roses dans les chambres, dans les
chambres où vit la sombre fleur du sexe ?

Convoitiez-vous nos femmes et nos filles derrière
la grille de leurs songes ? (Il est des soins d'aînées

Au plus secret des chambres, il est de purs offices, et tels qu'on en rêverait aux palpes des insectes...)

N'avez-vous mieux à faire, chez nos fils, d'épier l'amer parfum viril aux buffleteries de guerre? (comme un peuple de Sphinges, lourdes du chiffre et de l'énigme, disputent du pouvoir aux portes des élus...)

Ô Pluies par qui les blés sauvages envahissent la Ville, et les chaussées de pierre se hérissent d'irascibles cactées,

Sous mille pas nouveaux sont mille pierres nouvelles fraîchement visitées... Aux éventaires rafraîchis d'une invisible plume, faites vos comptes, diamantaires!

Et l'homme dur entre les hommes, au milieu de la foule, se surprend à rêver de l'élyme des sables... « J'avais, j'avais ce goût de vivre sans douceur, et voici que les Pluies... » (La vie monte aux orages sur l'aile du refus.)

Passez, Métisses, et nous laissez à notre guet... Tel s'abreuve au divin dont le masque est d'argile.

Toute pierre lavée des signes de voirie, toute feuille lavée des signes de latrie, nous te lirons enfin, terre abluée des encres du copiste...

Passez, et nous laissez à nos plus vieux usages.
Que ma parole encore aille devant moi! et nous
chanterons encore un chant des hommes pour qui
passe, un chant du large pour qui veille :

VII

« *Innombrables sont nos voies, et nos demeures
incertaines. Tel s'abreuve au divin dont la lèvre est
d'argile. Vous, laveuses des morts dans les eaux-
mères du matin — et c'est la terre encore aux ronces
de la guerre — lavez aussi la face des vivants; lavez,
ô Pluies! la face triste des violents, la face douce des
violents... car leurs voies sont étroites, et leurs
demeures incertaines.*

« *Lavez, ô Pluies! un lieu de pierre pour les
forts. Aux grandes tables s'assiéront, sous l'auvent
de leur force, ceux que n'a point grisés le vin des
hommes, ceux que n'a point souillés le goût des
larmes ni du songe, ceux-là qui n'ont point cure de
leur nom dans les trompettes d'os... aux grandes
tables s'assiéront, sous l'auvent de leur force, en lieu
de pierre pour les forts.*

« *Lavez le doute et la prudence au pas de l'action, lavez le doute et la décence au champ de la vision. Lavez, ô Pluies! la taie sur l'œil de l'homme de bien, sur l'œil de l'homme bien-pensant; lavez la taie sur l'œil de l'homme de bon goût, sur l'œil de l'homme de bon ton; la taie de l'homme de mérite, la taie de l'homme de talent; lavez l'écaille sur l'œil du Maître et du Mécène, sur l'œil du Juste et du Notable... sur l'œil des hommes qualifiés pour la prudence et la décence.*

« *Lavez, lavez la bienveillance au cœur des grands Intercesseurs, la bienséance au front des grands Éducateurs, et la souillure du langage sur les lèvres publiques. Lavez, ô Pluies, la main du Juge et du Prévôt, la main de l'accoucheuse et de l'ensevelisseuse, les mains léchées d'infirmes et d'aveugles, et la main basse, au front des hommes, qui rêve encore de rênes et du fouet... avec l'assentiment des grands Intercesseurs, des grands Éducateurs.*

« *Lavez, lavez l'histoire des peuples aux hautes tables de mémoire : les grandes annales officielles, les grandes chroniques du Clergé et les bulletins académiques. Lavez les bulles et les chartes, et les Cahiers du Tiers-État; les Covenants, les*

Pactes d'alliance et les grands actes fédératifs ;
lavez, lavez, ô Pluies ! tous les vélins et tous les
parchemins, couleur de murs d'asiles et de léproseries,
couleur d'ivoire fossile et de vieilles dents de mules...
Lavez, lavez, ô Pluies ! les hautes tables de mémoire.

     « Ô Pluies ! lavez au cœur de l'homme les
plus beaux dits de l'homme : les plus belles sentences,
les plus belles séquences ; les phrases les mieux faites,
les pages les mieux nées. Lavez, lavez, au cœur des
hommes, leur goût de cantilènes, d'élégies ; leur goût
de villanelles et de rondeaux ; leurs grands bonheurs
d'expression ; lavez le sel de l'atticisme et le miel
de l'euphuisme, lavez, lavez la literie du songe et la
litière du savoir : au cœur de l'homme sans refus,
au cœur de l'homme sans dégoût, lavez, lavez, ô
Pluies ! les plus beaux dons de l'homme... au cœur
des hommes les mieux doués pour les grandes œuvres
de raison. »

VIII

...Le banyan de la pluie perd ses assises sur
la Ville. Au vent du ciel la chose errante et telle
    Qu'elle s'en vint vivre parmi nous!... Et vous
ne nierez pas, soudain, que tout nous vienne à rien.
    Qui veut savoir ce qu'il advient des pluies en
marche sur la terre, s'en vienne vivre sur mon toit,
parmi les signes et présages.

    Promesses non tenues! Inlassables semailles!
Et fumées que voilà sur la chaussée des hommes!
    Vienne l'éclair, ha! qui nous quitte!... Et
nous reconduirons aux portes de la Ville
    Les hautes Pluies en marche sous l'Avril, les
hautes Pluies en marche sous le fouet comme un
Ordre de Flagellants.

    Mais nous voici livrés plus nus à ce parfum
d'humus et de benjoin où s'éveille la terre au goût
de vierge noire

...C'est la terre plus fraîche au cœur des fougeraies, l'affleurement des grands fossiles aux marnes ruisselantes,

Et dans la chair navrée des roses après l'orage, la terre, la terre encore au goût de femme faite femme.

...C'est la Ville plus vive aux feux de mille glaives, le vol des sacres sur les marbres, le ciel encore aux vasques des fontaines,

Et la truie d'or à bout de stèle sur les places désertes. C'est la splendeur encore aux porches de cinabre; la bête noire ferrée d'argent à la plus basse porte des jardins;

C'est le désir encore au flanc des jeunes veuves, des jeunes veuves de guerriers, comme de grandes urnes rescellées.

...C'est la fraîcheur courant aux crêtes du langage, l'écume encore aux lèvres du poème,

Et l'homme encore de toutes parts pressé d'idées nouvelles, qui cède au soulèvement des grandes houles de l'esprit :

« Le beau chant, le beau chant que voilà sur la dissipation des eaux !... » et mon poème, ô Pluies ! qui ne fut pas écrit !

IX

La nuit venue, les grilles closes, que pèse l'eau du ciel au bas-empire des taillis?

A la pointe des lances le plus clair de mon bien!... Et toutes choses égales, au fléau de l'esprit,

Seigneur terrible de mon rire, vous porterez ce soir l'esclandre en plus haut lieu.

*

...Car telles sont vos délices, Seigneur, au seuil aride du poème, où mon rire épouvante les paons verts de la gloire.

NEIGES

A Françoise-Renée Saint-Léger Léger

Et puis vinrent les neiges, les premières neiges
de l'absence, sur les grands lés tissés du songe et du
réel; et toute peine remise aux hommes de mémoire,
il y eut une fraîcheur de linges à nos tempes. Et ce
fut au matin, sous le sel gris de l'aube, un peu avant
la sixième heure, comme en un havre de fortune, un
lieu de grâce et de merci où licencier l'essaim des
grandes odes du silence.

Et toute la nuit, à notre insu, sous ce haut fait
de plume, portant très haut vestige et charge d'âmes,
les hautes villes de pierre ponce forées d'insectes
lumineux n'avaient cessé de croître et d'exceller, dans
l'oubli de leur poids. Et ceux-là seuls en surent
quelque chose, dont la mémoire est incertaine et le
récit est aberrant. La part que prit l'esprit à ces
choses insignes, nous l'ignorons.

*Nul n'a surpris, nul n'a connu, au plus haut
front de pierre, le premier affleurement de cette heure
soyeuse, le premier attouchement de cette chose fragile
et très futile, comme un frôlement de cils. Sur les
revêtements de bronze et sur les élancements d'acier
chromé, sur les moellons de sourde porcelaine et sur
les tuiles de gros verre, sur la fusée de marbre noir
et sur l'éperon de métal blanc, nul n'a surpris, nul
n'a terni*

*cette buée d'un souffle à sa naissance, comme
la première transe d'une lame mise à nu... Il neigeait,
et voici, nous en dirons merveilles : l'aube muette
dans sa plume, comme une grande chouette fabuleuse
en proie aux souffles de l'esprit, enflait son corps de
dahlia blanc. Et de tous les côtés il nous était prodige
et fête. Et le salut soit sur la face des terrasses, où
l'Architecte, l'autre été, nous a montré des œufs
d'engoulevent!*

Je sais que des vaisseaux en peine dans tout ce naissain pâle poussent leur meuglement de bêtes sourdes contre la cécité des hommes et des dieux; et toute la misère du monde appelle le pilote au large des estuaires. Je sais qu'aux chutes des grands fleuves se nouent d'étranges alliances, entre le ciel et l'eau : de blanches noces de noctuelles, de blanches fêtes de phryganes. Et sur les vastes gares enfumées d'aube comme des palmeraies sous verre, la nuit laiteuse engendre une fête du gui.

Et il y a aussi cette sirène des usines, un peu avant la sixième heure et la relève du matin, dans ce pays, là-haut, de très grands lacs, où les chantiers illuminés toute la nuit tendent sur l'espalier du ciel une haute treille sidérale : mille lampes choyées des choses grèges de la neige... De grandes nacres en croissance, de grandes nacres sans défaut médi-

tent-elles leur réponse au plus profond des eaux?
— ô toutes choses à renaître, ô vous toute réponse!
Et la vision enfin sans faille et sans défaut!...

Il neige sur les dieux de fonte et sur les aciéries
cinglées de brèves liturgies; sur le mâchefer et sur
l'ordure et sur l'herbage des remblais : il neige sur
la fièvre et sur l'outil des hommes — neige plus fine
qu'au désert la graine de coriandre, neige plus fraîche
qu'en avril le premier lait des jeunes bêtes... Il neige
par là-bas vers l'Ouest, sur les silos et sur les ranchs
et sur les vastes plaines sans histoire enjambées de
pylônes; sur les tracés de villes à naître et sur la
cendre morte des camps levés;

sur les hautes terres non rompues, envenimées
d'acides, et sur les hordes d'abiès noirs empêtrés
d'aigles barbelés, comme des trophées de guerre...
Que disiez-vous, trappeur, de vos deux mains congé-
diées? Et sur la hache du pionnier quelle inquiétante
douceur a cette nuit posé la joue?... Il neige, hors
chrétienté, sur les plus jeunes ronces et sur les bêtes
les plus neuves. Épouse du monde ma présence!...
Et quelque part au monde où le silence éclaire un songe
de mélèze, la tristesse soulève son masque de servante.

III

Ce n'était pas assez que tant de mers, ce n'était pas assez que tant de terres eussent dispersé la course de nos ans. Sur la rive nouvelle où nous halons, charge croissante, le filet de nos routes, encore fallait-il tout ce plain-chant des neiges pour nous ravir la trace de nos pas... Par les chemins de la plus vaste terre étendrez-vous le sens et la mesure de nos ans, neiges prodigues de l'absence, neiges cruelles au cœur des femmes où s'épuise l'attente?

Et Celle à qui je pense entre toutes femmes de ma race, du fond de son grand âge lève à son Dieu sa face de douceur. Et c'est un pur lignage qui tient sa grâce en moi. « Qu'on nous laisse tous deux à ce langage sans paroles dont vous avez l'usage, ô vous toute présence, ô vous toute patience! Et comme un grand Ave de grâce sur nos pas chante tout bas le chant très pur de notre race. Et il y a un si long temps que veille en moi cette affre de douceur...

Dame de haut parage fut votre âme muette à l'ombre de vos croix; mais chair de pauvre femme, en son grand âge, fut votre cœur vivant de femme en toutes femmes suppliciée... Au cœur du beau pays captif où nous brûlerons l'épine, c'est bien grande pitié des femmes de tout âge à qui le bras des hommes fit défaut. Et qui donc vous mènera, dans ce plus grand veuvage, à vos Églises souterraines où la lampe est frugale, et l'abeille, divine?

...Et tout ce temps de mon silence en terre lointaine, aux roses pâles des ronciers j'ai vu pâlir l'usure de vos yeux. Et vous seule aviez grâce de ce mutisme au cœur de l'homme comme une pierre noire... Car nos années sont terres de mouvance dont nul ne tient le fief, mais comme un grand Ave de grâce sur nos pas nous suit au loin le chant de pur lignage; et il y a un si long temps que veille en nous cette affre de douceur...

Neigeait-il, cette nuit, de ce côté du monde où vous joignez les mains?... Ici, c'est bien grand bruit de chaînes par les rues, où vont courant les hommes à leur ombre. Et l'on ne savait pas qu'il y eût encore au monde tant de chaînes, pour équiper les roues en fuite vers le jour. Et c'est aussi grand bruit de pelles à nos portes, ô vigiles! Les nègres de voirie vont

*sur les aphtes de la terre comme gens de gabelle. Une
lampe*

*survit au cancer de la nuit. Et un oiseau de
cendre rose, qui fut de braise tout l'été, illumine soudain les cryptes de l'hiver, comme l'Oiseau du Phase
aux Livres d'heures de l'An Mille... Épouse du
monde ma présence, épouse du monde mon attente!
Que nous ravisse encore la fraîche haleine de mensonge!... Et la tristesse des hommes est dans les
hommes, mais cette force aussi qui n'a de nom, et
cette grâce, par instants, dont il faut bien qu'ils
aient souri. »*

IV

Seul à faire le compte, du haut de cette chambre d'angle qu'environne un Océan de neiges. — Hôte précaire de l'instant, homme sans preuve ni témoin, détacherai-je mon lit bas comme une pirogue de sa crique?... Ceux qui campent chaque jour plus loin du lieu de leur naissance, ceux qui tirent chaque jour leur barque sur d'autres rives, savent mieux chaque jour le cours des choses illisibles; et remontant les fleuves vers leur source, entre les vertes apparences, ils sont gagnés soudain de cet éclat sévère où toute langue perd ses armes.

Ainsi l'homme mi-nu sur l'Océan des neiges, rompant soudain l'immense libration, poursuit un singulier dessein où les mots n'ont plus prise. Épouse du monde ma présence, épouse du monde ma prudence!... Et du côté des eaux premières me retournant avec le jour, comme le voyageur, à la néoménie, dont

*la conduite est incertaine et la démarche est aberrante,
voici que j'ai dessein d'errer parmi les plus vieilles
couches du langage, parmi les plus hautes tranches
phonétiques : jusqu'à des langues très lointaines,
jusqu'à des langues très entières et très parcimo-
nieuses,*

*comme ces langues dravidiennes qui n'eurent
pas de mots distincts pour « hier » et pour « demain ».
Venez et nous suivez, qui n'avons mots à dire : nous
remontons ce pur délice sans graphie où court
l'antique phrase humaine; nous nous mouvons parmi
de claires élisions, des résidus d'anciens préfixes
ayant perdu leur initiale, et devançant les beaux
travaux de linguistique, nous nous frayons nos voies
nouvelles jusqu'à ces locutions inouïes, où l'aspira-
tion recule au-delà des voyelles et la modulation du
souffle se propage, au gré de telles labiales mi-sonores,
en quête de pures finales vocaliques.*

*...Et ce fut au matin, sous le plus pur vocable,
un beau pays sans haine ni lésine, un lieu de grâce
et de merci pour la montée des sûrs présages de
l'esprit; et comme un grand Ave de grâce sur nos
pas, la grande roseraie blanche de toutes neiges à
la ronde... Fraîcheur d'ombelles, de corymbes, fraîcheur d'arille sous la fève, ha! tant d'azyme encore*

aux lèvres de l'errant!... Quelle flore nouvelle, en lieu plus libre, nous absout de la fleur et du fruit? Quelle navette d'os aux mains des femmes de grand âge, quelle amande d'ivoire aux mains des femmes de jeune âge

   nous tissera linge plus frais pour la brûlure des vivants?... Épouse du monde notre patience, épouse du monde notre attente!... Ah! tout l'hièble du songe à même notre visage! Et nous ravisse encore, ô monde! ta fraîche haleine de mensonge!... Là où les fleuves encore sont guéables, là où les neiges encore sont guéables, nous passerons ce soir une âme non guéable... Et au-delà sont les grands lés du songe, et tout ce bien fongible où l'être engage sa fortune...

*

Désormais cette page où plus rien ne s'inscrit.

POÈME A L'ÉTRANGÈRE

"Alien Registration Act".

Les sables ni les chaumes n'enchanteront le
pas des siècles à venir, où fut la rue pour vous pavée
d'une pierre sans mémoire — ô pierre inexorable
et verte plus que n'est
le sang vert des Castilles à votre tempe d'Étrangère!

Une éternité de beau temps pèse aux mem-
branes closes du silence, et la maison de bois qui
bouge, à fond d'abîme, sur ses ancres, mûrit un
fruit de lampes à midi
pour de plus tièdes couvaisons de souffrances
nouvelles.

Mais les tramways à bout d'usure qui s'en
furent un soir au tournant de la rue, qui s'en furent
sur rails au pays des Atlantes, par les chaussées et
par les rampes
et les ronds-points d'Observatoires envahis de
sargasses,

par les quartiers d'eaux vives et de Zoos hantés des gens de cirques, par les quartiers de Nègres et d'Asiates aux migrations d'alevins, et par les beaux solstices verts des places rondes comme des attolls,
    (là où campait un soir la cavalerie des Fédéraux, ô mille têtes d'hippocampes!)

    chantant l'hier, chantant l'ailleurs, chantaient le mal à sa naissance, et, sur deux notes d'Oiseau-chat, l'Été boisé des jeunes Capitales infestées de cigales... Or voici bien, à votre porte, laissés pour compte à l'Étrangère,
    ces deux rails, ces deux rails — d'où venus? — qui n'ont pas dit leur dernier mot.

*

    « Rue Gît-le-cœur... Rue Gît-le-cœur... » chante tout bas l'Alienne sous ses lampes, et ce sont là méprises de sa langue d'Étrangère.

II

« ...*Non point des larmes — l'aviez-vous cru?*
— mais ce mal de la vue qui nous vient, à la longue,
d'une trop grande fixité du glaive sur toutes braises
de ce monde,

    (ô sabre de Strogoff à hauteur de nos cils!)

    peut-être aussi l'épine, sous la chair, d'une
plus jeune ronce au cœur des femmes de ma race; et
j'en conviens aussi, l'abus de ces trop longs cigares de
veuve jusqu'à l'aube, parmi le peuple de mes lampes,
    dans tout ce bruit de grandes eaux que fait la
nuit du Nouveau Monde.

    ...Vous qui chantez — c'est votre chant —
vous qui chantez tous bannissements au monde, ne
me chanterez-vous pas un chant du soir à la mesure
de mon mal? un chant de grâce pour mes lampes,
    un chant de grâce pour l'attente, et pour l'aube
plus noire au cœur des althœas?

De la violence sur la terre il nous est fait si large mesure... Ô vous, homme de France, ne ferez-vous pas encore que j'entende, sous l'humaine saison, parmi les cris de martinets et toutes cloches ursulines, monter dans l'or des pailles et dans la poudre de vos Rois

un rire de lavandières aux ruelles de pierre?

...Ne dites pas qu'un oiseau chante, et qu'il est, sur mon toit, vêtu de très beau rouge comme Prince d'Église. Ne dites pas — vous l'avez vu — que l'écureuil est sur la véranda; et l'enfant-aux-journaux, les Sœurs quêteuses et le laitier. Ne dites pas qu'à fond de ciel

un couple d'aigles, depuis hier, tient la Ville sous le charme de ses grandes manières.

Car tout cela est-il bien vrai, qui n'a d'histoire ni de sens, qui n'a de trêve ni mesure?... Oui tout cela qui n'est pas clair, et ne m'est rien, et pèse moins qu'à mes mains nues de femme une clé d'Europe teinte de sang... Ah! tout cela est-il bien vrai?... (et qu'est-ce encore, sur mon seuil,

que cet oiseau vert-bronze, d'allure peu catholique, qu'ils appellent Starling?) »

*

« *Rue Gît-le-cœur... Rue Gît-le-cœur...* » chantent tout bas les cloches en exil, et ce sont là méprises de leur langue d'étrangères.

Dieux proches, dieux sanglants, faces peintes
et closes! Sous l'orangerie des lampes à midi mûrit
l'abîme le plus vaste. Et cependant que le flot monte
à vos persiennes closes, l'Été déjà sur son déclin,
virant la chaîne de ses ancres,

    vire aux grandes roses d'équinoxe comme aux
verrières des Absides.

    Et c'est déjà le troisième an que le fruit du
mûrier fait aux chaussées de votre rue de si belles
taches de vin mûr, comme on en voit au cœur des
althœas, comme on en vit aux seins des filles d'Éloa.
Et c'est déjà le troisième an qu'à votre porte close,
    comme un nid de Sibylles, l'abîme enfante ses
merveilles : lucioles!

    Dans l'Été vert comme une impasse, dans l'Été
vert de si beau vert, quelle aube tierce, ivre créance,

ouvre son aile de locuste? Bientôt les hautes brises
de Septembre tiendront conseil aux portes de la Ville,
sur les savanes d'aviation, et dans un grand avène-
ment d'eaux libres

   la Ville encore au fleuve versera toute sa récolte
de cigales mortes d'un Été.

   ...Et toujours il y a ce grand éclat du verre,
et tout ce haut suspens. Et toujours il y a ce bruit de
grandes eaux. Et parfois c'est Dimanche, et par les
tuyauteries des chambres, montant des fosses atlan-
tides, avec ce goût de l'incréé comme une haleine
d'outre-monde,

   c'est un parfum d'abîme et de néant parmi les
moisissures de la terre...

   Poème à l'Étrangère! Poème à l'Émigrée!...
Chaussée de crêpe ou d'amarante entre vos hautes
malles inécloses! Ô grande par le cœur et par le cri
de votre race!... L'Europe saigne à vos flancs comme
la Vierge du Toril. Vos souliers de bois d'or furent
aux vitrines de l'Europe

   et les sept glaives de vermeil de Votre Dame
des Angoisses.

   Les cavaleries encore sont aux églises de vos
pères, humant l'astre de bronze aux grilles des autels.
Et les hautes lances de Bréda montent la garde au

pas des portes de famille. Mais plus d'un cœur bien né s'en fut à la canaille. Et il y avait aussi bien à redire à cette enseigne du bonheur, sur vos golfes trop bleus,

comme le palmier d'or au fond des boîtes à cigares.

Dieux proches, dieux fréquents! quelle rose de fer nous forgerez-vous demain? L'Oiseau-moqueur est sur nos pas! Et cette histoire n'est pas nouvelle que le Vieux Monde essaime à tous les siècles, comme un rouge pollen... Sur le tambour voilé des lampes à midi, nous mènerons encore plus d'un deuil, chantant l'hier, chantant l'ailleurs, chantant le mal à sa naissance

et la splendeur de vivre qui s'exile à perte d'hommes cette année.

Mais ce soir de grand âge et de grande patience, dans l'Été lourd d'opiats et d'obscures laitances, pour délivrer à fond d'abîme le peuple de vos lampes, ayant, homme très seul, pris par ce haut quartier de Fondations d'aveugles, de Réservoirs mis au linceul et de vallons en cage pour les morts, longeant les grilles et les lawns et tous ces beaux jardins à l'italienne

dont les maîtres un soir s'en furent épouvantés d'un parfum de sépulcre, *je m'en vais, ô mémoire! à mon pas d'homme libre, sans horde ni tribu, parmi le chant des sabliers, et, le front nu, lauré d'abeilles de phosphore, au bas du ciel très vaste d'acier vert comme en un fond de mer, sifflant mon peuple de Sibylles, sifflant mon peuple d'incrédules, je flatte encore en songe, de la main, parmi tant d'êtres invisibles,*

ma chienne d'Europe qui fut blanche et, plus que moi, poète.

*

« *Rue Gît-le-cœur... Rue Gît-le-cœur...* » *chante tout bas l'Ange à Tobie, et ce sont là méprises de sa langue d'Étranger.*

ÉLOGES

LA GLOIRE DES ROIS

ANABASE

EXIL

DU MÊME AUTEUR

Dans la même collection

AMERS suivi de OISEAUX et de POÉSIE.
VENTS suivi de CHRONIQUE et de CHANT POUR UN ÉQUI-
NOXE.

Ce volume,
le quatorzième de la collection Poésie
a été achevé d'imprimer sur les presses
de l'imprimerie Bussière à Saint-Amand (Cher),
le 11 septembre 1986.
Dépôt légal : septembre 1986.
1ᵉʳ dépôt légal dans la collection : janvier 1967.
Numéro d'imprimeur : 2500.
ISBN 2-07-030246-6./Imprimé en France.

39029